Der Fluch der Black Rose
von
Bea Molzner

Der Fluch der Black Rose

von

Bea Motzner

Erschienen bei
Books on Demand

Impressum

Bibliografische Information der Deutschen Nationalbibliothek
Die Deutsche Nationalbibliothek verzeichnet diese Publikation in der Deutschen
Nationalbibliografie; detaillierte bibliografische Daten sind im Internet über
http://dnb.d-nb.de abrufbar.

Herstellung und Verlag:
Books on Demand GmbH,
Norderstedt.

ISBN: 978-3-8370-0302-4

Covergestaltung und Bilder: Bea Motzner

Der Fluch der Black Rose

Loredana Schmitz zog mit Ihren Eltern in ein kleines Dorf auf die Insel Paradies - Island. Ihr Vater war Ingenieur. Nach längerer Arbeitslosigkeit fand er endlich wieder einen Arbeitsplatz. Allerdings bedeutete es für Familie Schmitz, die Großstadt Köln und Deutschland verlassen zu müssen. Es passte Loredana überhaupt nicht, ihre vertraute Heimat und ihre Freunde zu verlassen. Nun sie war erst siebzehn, zu jung um allein zurück zu bleiben. Paradies - Island lag vor der kanadischen Küste. Lory, wie sie von allen genannt wurde, saß vorne in dem kleinen Boot, das sie und Ihre Mutter vom Festland auf die kleine Insel brachte. Lory war in Erinnerungen versunken. Die Sonne strahlte herrlich warm. Sie konnte schon das kleine Dorf erkennen, das nun ihr neues Zuhause sein würde. Ihre Mutter Katharina war sehr begeistert vom Umzug. Sie sah es als Abenteuer ihres Lebens. Mit ihren zweiundvierzig Jahren sah sie doch noch wie

Mitte dreißig aus. Sie war Malerin, und hatte nun viele neue Motive, die sie zu Papier bringen könnte. Desto näher sie der Insel kamen um so unruhiger wurde Lory. Das Dorf sah verlassen, düster und herunter gekommen aus. Es erinnerte Lory an eine verlassene Geisterstadt aus einem Gruselfilm. Sie erschauderte bei dem Gedanken dort leben zu müssen. Als das Boot anlegte, stand ihr Vater schon da, angelehnt an einen alten Ford Escort, dessen genaue Farbe man unter der dicken Schicht von Staub nur noch erahnen konnte. Lory's Vater winkte ihnen fröhlich zu. Er war schon eine Woche früher hier her gekommen um Reparaturarbeiten an ihrem neuen Haus zu machen. Das Haus hieß Rosehouse, war ein Schnäppchen, mindestens hundert Jahre alt und lange Zeit unbewohnt. Da musste nun einiges repariert werden. Sie verstauten ihr Gepäck im Wagen, stiegen ein und fuhren los. Durch die engen Gassen, über die holprigen Pflastersteinstraßen, die von alten Häusern eingerahmt wurden. Lory wurde das Gefühl nicht los, dass sie beobachtet wurden. Sie schaute die Häuser an, an denen sie langsam vorbei fuhren. Die Farben waren abgeblättert. Viele Fenster waren notdürftig mit Brettern vernagelt. Kein Mensch war zu sehen. Das Dorf wirkte ausgestorben. Lory fragte sich, ob hier überhaupt noch Menschen leben würden oder ob ihre Familie wohl die einzigen waren. Wieder lief ihr ein kalter Schauer über den Rücken. Ich habe eine blühende Phantasie dachte sie. Vielleicht sollte ich nicht mehr so viel Horrorfilme gucken. Nachdem sie das Dorf hinter sich gelassen hatten, führte eine Art Feldweg bergauf. Die Felder sahen aus als, wenn sie schon viele Jahre nicht mehr benutzt wurden. Die Felder wurden von einem großen dichten Wald abgelöst. Er wirkte bedrohlich und dunkel. Kein Lichtschein fiel durch die Bäume. Ihr Vater hatte die Scheinwerfer anschalten müssen um etwas zu sehen. Der Weg führte in engen Kurven immer steiler bergauf. Seltsam, dass an einer steilen Klippe ein so großer dichter Wald stehen konnte. Lory wusste, dass Rosehouse weit oben auf einer Klippe stand. Der Wald schien immer dunkler und dichter zu werden. Unweigerlich musste sie an einen Film denken in dem ein ähnlicher Wald vorkam, der von Werwölfen, Hexen und sonstigen Gruselgestallten bevölkert war. Oh man, diese

Insel war so gruselig. Und die hieß Paradies - Island? Insel des Grauens wäre wohl die bessere Bezeichnung. Ein perfekter Ort für einen Horrorfilm. Lory wurde jäh aus ihren Gedanken gerissen. Es wurde plötzlich hell. Die Sonne schien grell, und blendete. Sie hatten die Lichtung erreicht. Rosehouse, ihr neues Zuhause ragte hoch empor auf der steil abfallenden Klippe. Es war wohl vor vielen Jahren mal weiß gewesen. Doch nun war es grau und verwittert. Über der großen zweitürigen Eingangstür lagen links und rechts je ein Fenster die wie böse blickende Augen wirkten. Die Scheiben waren vom Dreck verdunkelt. Dieses Haus sah wenig einladend aus. Endlich hielt der Wagen vor dem Haus an. Immer wieder dachte sie an Horrorfilme, die sie mal gesehen hatte. Diesmal an die, in denen alte Häuser vorkamen. Besonders Hillhouse aus dem Film: Bis das Blut gefriert. Ein Haus in dem es umging. Lory fühlte sich unbehaglich bei dem Gedanken, ins Innere dieses gruseligen Hauses gehen zu müssen. Dieses Haus, das so böse guckte, hieß sie wohl nicht willkommen, sondern machte eher den Eindruck, dass es sie vergraulen wollte. Kein Wunder, dass es so billig war. Mit ihrem

Gepäck in den Händen folgte sie schweren Herzens ihren Eltern die Stufen zur Haustüre hinauf. Sie fühlte sich wie ein Lamm, das zur Schlachtbank geführt wird. Was würde sie wohl drinnen erwarten? Spinnenweben, Ratten oder vielleicht schlimmeres? Eine ihren besten Freundin war Samira, eine Tunesin. Sie hatte viele Gruselstorys auf Lager. Sie glaubte, dass ein verlassenes Haus oder eine Wohnung nie lange leer bleiben würde und diese Bewohner keine Eindringlinge mochten. Samira glaubte an diese Sachen. Aber Lory? Sie wollte gar nicht an Geister denken, schon gar daran glauben. Lory's Gedanken überschlugen sich. Sie schwor , nie wieder Horrorfilme an zusehen. Das machten Ihre Nerven einfach nicht mehr mit. Das mulmige Gefühl in ihren Bauch verstärkte sich, als sie die Stufen langsam und vorsichtig hinauf ging. Die Stufen ächzten unter ihrem Gewicht als wenn sie zusammenbrechen wollten. Das Schloss klemmte als ihr Vater aufschließen wollte. Er rüttelte ein wenig an der Tür. Das Haus will uns nicht reinlassen, dachte Lory. Dann knackte das Schloss als ihr Vater doch noch schaffte den Schlüssel umzudrehen. Die Tür knarrte laut

9

auf als wenn sie sagen wollte: verschwindet. Es klang in Lory's Ohren wie eine Warnung. Lory schaute in das dunkle Loch. Die Dunkelheit wirkte bedrohlich. Modriger Geruch schlug ihr unvermittelt entgegen als sie eintrat. Wie in einer Gruft, dachte sie. Das Licht flammte plötzlich auf und Lory staunte sehr. Jetzt als das Licht brannte und die Dunkelheit vertrieb, wirkte das Innere des Hauses freundlich, ja gerade zu gemütlich und warm. Ein Gedanke, der plötzlich durch Lory's Kopf ging, verwirrte sie. Ich bin zu Hause, endlich zu Hause ...

Ihr Vater hatte wohl mit der Renovierung ganze Arbeit geleistet. Zwar knarrten die Dielen bei jedem Schritt, dennoch wirkte es nicht mehr angsteinflößend. So viel Angst, so viel Stress hatte sie gehabt und das alles nur wegen den blöden Horrorfilmen und ihrer blühenden Phantasie. Sie schüttelte den Kopf über sich selbst. Lory hatte schon Skizzen von dem Haus gesehen und sich schon im Vorfeld für das Zimmer mit Blick auf das Meer entschieden. Die Schlafzimmer lagen in der ersten Etage. Eine prunkvolle Treppe führte hinauf. Das

Geländer war aus dunklem Holz und mit Rosen verziert. Daher hatte dieses Haus wohl seinen Namen. Die Treppe befand sich auf der linken Seite. Ihre Eltern gingen in die Küche zur rechten um die Lebendmittel einzuräumen und Lory machte sich auf den Weg in ihr Zimmer. Auf halber Höhe der Treppe hielt sie plötzlich inne. An der Wand hing ein großes Portrait von einem braungebrannten Mann. Er war gekleidet wie ein Schauspieler aus einem Piratenfilm. Ein weißes Hemd mit Rüschen, darüber einen schwarzen längeren Gehrock mit rotem Besatz an Ärmel und Kragen und goldenen Knöpfen. An seinem braunen, breiten Gürtel hing an der linken Seite ein Schwert. Der Griff des Schwertes, verziert mit einen Totenkopf, in dessen Mund eine Rose steckte. Die schwarze Hose steckte in dunkelbraunen Piratenstiefeln. Um seinen Kopf schwang sich ein dunkelrotes Kopftuch, das hinter dem Kopf wohl verknotet war. Darunter schaute schwarzes Haar hervor, das ihm in großen Locken bis auf die Schultern fiel. An der rechten Seite trug er einen goldenen Ohrring, der die Form eines Totenkopfes hatte. Das

Portrait wirkte so lebensecht, so lebendig, dass Lory sogar die kleine Narbe sah, die sich auf seiner linken Wange befand, genäht mit dreizehn Stichen. Der Mann sah unwahrscheinlich gut aus, seine vollen Lippen umspielte ein leichten kleinen Schnurbart und an seinem Kinn ein kleiner Bart wie von einem der Musketiere. Auf seinen Lippen lag ein verschmitztes Lächeln. Seine grade Nase, seine dunkelbraunen, fast schwarzen Augen waren geheimnisvoll und es lag eine Traurigkeit in ihnen. Sie zogen Lory in ihren Bann. Augen, in denen man versinken konnte. Sie fragte sich, wer er wohl war, der geheimnisvolle Fremde mit den traurigen Augen. Warum war er traurig? Sie wurde aus ihren Gedanken gerissen als ihre Mutter nach ihr rief: "Lory hörst du nicht? Das Essen ist fertig." "Ja Mam, ich komme gleich." Wie lange hatte sie hier gestanden? Sie schaute auf ihre Armbanduhr. Es war 1achtzehn Uhr. Sie hatte also mehr als eine Stunde vor dem Bild gestanden. Wie schnell die Zeit verging. Sie nahm ihr Gepäck, lief hinauf und stellte es schnell vor ihrer Zimmertür ab um schnell die Treppe hinab in die

12

Wohnküche zu laufen wo sie von ihren Eltern schon erwartet wurde.

Ihr Zimmer befand sich am Ende des Korridors. Sie betrat ihr neues Zimmer, schaltete das Licht an. Der Raum erhellte sich. Ihr Blick viel direkt auf die gegenüber liegenden Vorhänge aus dunkelrotem, schweren Samt. Dahinter hingen lange weiße Gardinen mit Rosenmuster. Sie ging darauf zu. Die Glastür war leicht geöffnet und eine kleine frische Prise wehte vom Meer aus herein. Sie zog die Tür auf und betrat so eine Art Balkon. Ihre Blicke suchten den Horizont ab. Weit und breit erstreckte sich das Meer. Langsam ging die Sonne rot glühend unter. Sie schritt bis zur Brüstung vor und schaute nach unten. Unter ihr an den steilen Klippen vorbei, sah sie einen kleinen Strand mit weißem Sand. Wie schön müsste es sein, dort unten spazieren zu gehen. Dann ging sie zurück ins Zimmer um ihr Gepäck einzuräumen. Das Zimmer mit dem großen Holzbett mit dunklem Betthimmel aus rotem Samt wirkte bewohnt, als ob der Bewohner es erst vor kurzem verlassen hätte. Die Bettpfosten waren mit

Rosen verziert. Eine dunkelrote Tagesdecke lag ein wenig aufgeschlagen. Die Mitte zierte eine große schwarze Rose. Unter der Tagesdecke war eine weiße Bettdecke und zwei weiße Kopfkissen. Es sah gemütlich weich und einladend aus. Neben dem Bett standen links und rechts kleine Nachtische, ebenfalls aus dem dunklen massiven Holz und Rosenverzierung. Auf jedem Nachtisch standen je ein fünfarmiger Kerzenständer, vergoldet oder aus echtem Gold, mit weißen Kerzen bestückt, die zur Hälfte abgebrannt waren. An der Wand über dem Bett hing eine schwarze Flagge mit weißem Totenkopf und roter Rose im Mund. An der anderen Seite des Raumes stand ein großer Schreibtisch, der genau wie Bett und Nachtische gefertigt war. Auf dem Schreibtisch lagen eine alte Schifffahrtskarte, eine altmodische Schreibfeder, ein Tintenfass mit schwarzer Farbe, ein Siegelring, dessen Gravur ebenfalls ein Totenkopf mit Rose im Mund war und ein alter Kompass. Dahinter ein Kerzenhalter, der genau wie die anderen beiden aussah. Davor stand ein Stuhl, ebenso rosenverziert wie auch der große Schrank zur linken Seite des Schreibtisches. Lory ging auf den Schrank zu, öffnete die rechte Seite, staunte nicht schlecht über das, was sich darin befand. Da hingen Männerklamotten, weiße Rüschenhemden und schwarze Hosen. Sie fühlte sich wie jemand, der in fremden Sachen rumschnüffelt und in jeder Sekunde von dem Besitzer erwischt werden könnte. Sie betrachte nachdenklich die Hemden und Hosen, die genau wie die Sachen aussahen, die der Mann auf dem Portrait trug. Beim Abendessen hatte sie von ihrem Vater erfahren, dass das Haus schon seit über hundert Jahren unbewohnt war. Der Besitzer wäre verschwunden, hieß es. Eine alte Dame kümmere sich noch um das Haus. Sie schaute zweimal die Woche nach dem rechten, und hielt alles in Ordnung so weit sie es noch konnte. Die Dame sollte in einer kleinen Hütte am Rande des Waldes leben. Sie beschloss, der Dame Morgen einen Besuch zu machen. Vielleicht würde sie mehr über den geheimnisvollen Mann mit den traurigen Augen erfahren. Und sie würde gerne wissen, warum diese Zimmer so bewohnt aussah. Sie öffnete die linke Seite des Schrankes, die war leer. Als hätte jemand darauf gewartet, dass sie hier einzog. Schnell packte sie ihre

Sachen ordentlich in den Schrank. Sie war müde von der Fahrt und den Aufregungen des heutigen Tages. Sie ging bewaffnet mit einem Handtuch, dem Beautycase und ihrem Pyjama in das kleine Badezimmer, dessen Tür sich links neben dem Schrank befand. Ein Spiegel mit goldenem, rosenverzierten Rahmen hing über dem kleinen Waschbecken. Das Badezimmer war zwar alt aber es wirkte moderner als der Rest des Zimmers. Es gab neben der Toilette, die eine Wasserspülung hatte, auch eine Badewanne. Alles aus weißem keramikähnlichem Material. Sie wusch sich, zog ihren Pyjama an, putzte die Zähne und ging zurück ins Zimmer. Sie suchte nach einer Nachttischlampe, fand aber keine. Kurz entschlossen öffnete sie die Schublade des linken Nachttisches und fand eine Schachtel Streichhölzer. Sie zündete die Kerzen des darauf stehenden Armleuchters an, knipste das Deckenlicht aus und legte sich in das große weiche Bett. Sie dachte noch lange über den geheimnisvollen Mann nach. Er faszinierte sie. Diese schönen traurigen Augen mit den langen dunklen Wimpern. Sein süßes Lächeln, das seine Grübchen in den Wangen zeigte. Er mochte nicht älter als Anfang Zwanzig gewesen sein als er gemalt wurde. Und doch hatte sein Leben schon Spuren in seinem Gesicht hinterlassen. Die Narbe auf seiner Wange. Diese unendliche Traurigkeit in seinen Augen ....

Ob er der verschwundene Besitzer des Hauses war? Morgen würde sie vielleicht mehr erfahren. Sie gähnte und löschte die Kerzen. Bald darauf fiel sie in einen tiefen Schlaf.

Sie träumte. Sie befand sich am Bug eines großen schwarzen Schiffes. Sie schaute hinaus auf das Meer. Der Wind blies ihr rau ins Gesicht und hatte einen leichten Salzgeschmack. Ihre Haare wehten wild im Wind. Die Wellen schäumten und brachen sich am Bug des stolzen Schiffes. Es fuhr über die aufgewühlte See dahin, dem Sonnenuntergang entgegen. Die Sonne lachte noch, doch war der Seegang schon sehr rau. Wie sie so da stand und hinaus blickte, verfärbte sich die Sonne so langsam in ein dunkles Rot und sank bis sie den Horizont berührte. Das Schiff schaukelte auf den Wellen leicht hin und her. Das Holz des Schiffes knarrte bei jeder Bewegung, doch es war ein starkes Schiff, dem Wind und Wetter nicht viel auszumachen schien. Ein schwarzes Schiff mit schwarzen Segeln. Mit der linken Hand hielt sie sich an der Reling fest. Sie dachte sie wäre allein an Deck, doch plötzlich fühlte sie sich beobachtet. Sie spürte die Blicke auf ihrer Haut. Langsam drehte sie sich um. Da stand er! Der geheimnisvolle Mann vom Portrait. Sie fragte sich wer er wohl war. Er hielt das Steuerrad in seinen Händen und lächelte ihr zu mit dem süßesten Lächeln was sie je gesehen hatte. Ihr Herz begann zu klopfen. Schmetterlinge tanzten in ihrem Bauch Tango. Sie begann zu zittern. Eine große Freude machte sich in ihr breit. Sie wollte zu ihm, ihn in ihre Arme schließen ...

Sie gab das Lächeln zurück und ging dann langsam auf ihn zu. Sie sah die Zärtlichkeit in seinen dunklen, traurigen Augen. Sie fragte sich wieso er wohl so traurig sein mochte. Als sie ihn fast erreicht hatte, verblasste das Bild plötzlich. Sie rief: "Bitte geh nicht. Wer bist du? Bitte bleib doch." Doch er löste sich auf wie auch das Schiff im Nebel verschwand ...

Eine große Dunkelheit umgab sie. Sie wachte auf. Nur langsam gewöhnten sich ihre Augen an die Dunkelheit. Erst langsam erkannte sie das Zimmer in dem sie war. Sie lag in Ihrem Bett, ihre langen dunkelbraunen Haare zerzaust. Sie konnte noch den leichten Salzgeschmack auf ihren Lippen spüren. Der Traum war so realistisch, dass sie sich im ersten Moment fragte, wie sie in ihr Bett gekommen war. Dieser Mann war ihr so zum Greifen nah gewesen. Hätte sie doch nur ihre Hände ausgestreckt um ihn zu berühren. Sie wunderte sich über ihre Gedanken und über die Gefühle die sie während ihres Traumes spürte. Wieso träumte sie von diesem Mann? Dies alles beschäftigte sie noch bis zum Mittagessen.

Nach dem Mittagessen entschied Lory sich, die alte Dame zu besuchen. Von ihrem Vater hatte sie erfahren, dass das Haus der Dame ganz in der Nähe war. Die Sonne schien hell als sie Rosehouse verließ. Sie wendete sich nach links. Und schon entdeckte sie das kleine Holzhaus am Rande des Waldes. Hoffentlich konnte sie von der Dame etwas erfahren. Mit jedem Schritt wurde Lory nervöser. Sie fühlte sich wie ein Detektiv oder ein Schatzjäger auf der Suche nach einem verlorenen Schatz Sie zögerte als sie vor der Tür stand. War es in Ordnung, dass sie einfach uneingeladen vor der Tür stand? Sie fasste sich ein Herz und klopfte einmal. Das zweite Mal. Sie wollte schon aufgeben. Doch beim dritten Mal wurde die Tür langsam geöffnet. Vor ihr stand eine alte Frau in einem dunkelblauen Samtkleid, das hochgeschlossen und mit schwarzen Rüschen verziert war. Es muss wohl um die Jahrhundertwende bei den Reichen modern gewesen sein. Das gab ein bizarres Bild. Die alte Dame lächelte freundlich und bat Lory einzutreten. Das Gesicht der Dame hatte viele Lachfalten. Lory schätzte die Dame auf über achtzig. Lory folgte der Dame zu einem alten braunen Sofa, davor ein kleiner Tisch und gegenüber ein ebenso alter Sessel. Die Alte wies ihr den Platz auf dem Sofa zu. Sie selbst setzte sich auf das Sofa und musterte Lory, Nach längerem Schweigen stellte die alte Dame fest: "Du kommst wegen ihm!" Lory erschrak. Konnte die Dame Gedanken lesen? Mit einem erstaunten Gesichtsausdruck nickte Lory nur. Sie war einfach nur

20

baff. "Wir haben so lange auf dich gewartet," sagte die Dame freundlich. Ein leichtes Lächeln umspielte ihre Lippen. "Er ist ein guter Junge!" Lory brauchte nicht zu fragen, sie verstand, dass die Dame über den geheimnisvollen Mann vom Portrait sprach. Das war ihr klar. Aber sie verstand nicht ganz. Machte die alte Dame einen Scherz mit ihr? "Meine Großmutter hat auf Rosehouse als Wirtschafterin gearbeitet." Die Dame redete weiter, doch Lory hatte Probleme sich zu konzentrieren um der Dame zu folgen. „Er ist ein guter Junge, nicht wie sein Vater. Er hat ein gutes Herz. Sein Charakter kommt ganz nach seiner Mutter, aber er sieht aus wie sein Vater - ein Herzensbrecher! Rosehouse hat er selbst erbaut. Meine Großmutter konnte hellsehen. Sie hat ihm prophezeit, dass er eines Tages von dir erlöst wird. Er hat geträumt von dir. Er wartet schon so lange auf dich, endlich bist du da. Seine Black Rose." Die Dame machte eine Pause und lächelte. Lory setzte an, die Worte sprudelten nur so aus ihr heraus. "Miss, es tut mir leid, Sie irren sich. Sie verwechseln mich. Mein Vater hat Rosehouse gekauft Mein Name ist Lory, nicht Rose. Und wer immer er ist, ich kenne ihn nicht und es wohnt niemand außer meinen Eltern und mir in Rosehouse. Ich kann auch niemanden erlösen. Es tut mir leid, Sie müssen sich irren," stammelte Lory ganz verwirrt. Ihre Gedanken waren alle durcheinander. Wieder kam ihr die Erinnerung an diverse Horrorfilme, die sie mal gesehen hatte. Liebevoll lächelnd kam die Alte zu Lory herüber, setzte sich neben sie, hielt beruhigend ihre Hand. "Lory, Liebes, ich weiß wer du bist. Du denkst, dass die alte Rebecca verrückt ist. Kindchen, glaub mir, ich weiß, dass es schwer zu verstehen ist aber es ist wahr! Jack braucht deine Hilfe." Jack, so also heißt er! Der geheimnisvolle Unbekannte hatte nun endlich einen Namen. Jack! "Welches Datum ist heute?" fragte Lory die Dame, die sich Rebecca nannte. Rebecca lächelte: "Kindchen ich weiß, welches Datum wir haben und du weißt es auch! In einer Woche ist der dreizehnte Juli Zweitausendfünf! Genau an diesem Tag vor hunderddreizehn Jahren wurde Jack verflucht. Und genau das ist der Tag, an dem du ihn erlösen kannst, um Punkt Mitternacht!" Tausende Gedanken schossen Lory durch den Kopf. Nach einer kleinen Pause redete die Alte weiter. "Jack wurde verflucht von einer Hexe und verschwand. Der damalige Kommodore Luis hatte eine hübsche Tochter, die sich in Jack verliebt hatte. Ihr Vater war sehr wütend darüber und schwor sich, alles zu tun, damit Jack verschwinden und seine Tochter Jack vergessen würde. Er ging zu einer alten Hexe und bezahlte ihr sehr viel dafür, damit sie Jack verschwinden lassen sollte. Sie verfluchte Jack für immer in der Zwischenwelt zu leben. Meine Großmutter konnte den Fluch nicht aufheben, nur abschwächen. So dass er hundertdreizehn Jahre in der Zwischenwelt leben muss, bis seine wahre Liebe ihn erlöst. Seit meine Großmutter ihm von dir erzählt hat, steht er jeden Tag auf dem Balkon seines Zimmers und schaut auf das Meer, wartet darauf das du endlich zu ihm kommst."

Die Frau ist verrückt dachte Lory. Die redet doch wirres Zeug. Lory machte noch einen Versuch, die alte Dame als verwirrt abzutun. "Sie irren sich" stammelte sie. "Kindchen, du bist zu mir gekommen um etwas über Jack zu erfahren. Du hast lange dunkelbraune Haare und Bernsteinaugen. Du kommst von weit her, aus einem anderen Land. Du bist am 20.07.1986 geboren um 4:20 Uhr. Deine Lieblingsblumen sind dunkelrote Rosen. Deine Lieblingsfarben sind schwarz und rot. Wenn du mir sagen kannst, dass es nicht stimmt was ich über dich sage, dann irre ich mich und du bist nicht seine Black Rose. Aber du weißt das es wahr ist. Kindchen verstehst du? "Was soll ich den jetzt machen? Die Angaben waren alle richtig! Woher weiß sie denn das alles über mich?" Ich ..., ich muss jetzt gehen" stammelte Lory. Sie musste raus, raus und erst mal nachdenken. Das Gespräch mit der alten Dame war überhaupt nicht so gelaufen wie sie sich das vorgestellt hatte. Die Alte ließ sie gehen, rief ihr noch nach; dass sie wüsste; das Lory bald wieder kommen würde wenn sie ihre wahre Liebe finden wolle. Lory stolperte fast ins Freie. Draußen strahlte die Sonne, so dass alles noch unwirklicher erschien. Langsam wurde sie ruhiger. Sie ging zurück zu Rosehouse, setze sich auf die Stufen, die zur Haustür hoch führten und dachte über das eben Gehörte nach.

Beim Abendessen war Lory viel ruhiger als sonst. Sie verschwand sehr früh in ihr Zimmer, zog sich um und legte sich auf ihr Bett. Ihre Gedanken wanderten immer wieder zu dem Gespräch mit der alten Dame. Konnte das denn wirklich alles wahr sein? Hexen gab es doch nicht ... oder doch? Woher wusste die alte Dame denn so viel über sie? Lory brauchte lange um endlich einzuschlafen, Ihre Gedanken ließen sie kaum los. Dann schlief sie ein ...

Sie stand wieder auf dem schwarzen Schiff, das sich leicht hin und her wiegte. Sie stand wieder am Bug und hielt sich an der Reling fest. Die Sonne strahlte sie an. Keine Wolke am Himmel, doch der Wind blies ihr die salzige Meeresluft ins Gesicht. Zu dem Geruch des Meeres mischte sich langsam der süßliche Duft von Rosen. Eine Hand berührte sie ganz zärtlich auf ihrer linken Schulter. Ein angenehmes Kribbeln machte sich auf ihrer Schulter breit. Lory fuhr herum. Jack stand direkt vor ihr. Sie ging im grade bis zur Brust. Sie musste ihren Kopf in den Nacken legen, damit sie in sein Gesicht schauen konnte. Sie sah in seine dunklen Augen, die immer noch traurig wirkten. Sein unwiderstehliches Lächeln, was nur ihr galt. Jack hielt eine blutrote Rose hin, die süß duftete und samtig glänzte.

"Black Rose, meine Black Rose, nun bist du endlich gekommen. Ich sehnte mich schon so lange nach dir. Hab dich auf allen Meeren gesucht" flüstere Jack ihr zu. Seine Stimme war dunkel und angenehm warm. Sie nahm die Rose an sich, sie war wie verzaubert von seinen Augen und von seiner Stimme. Sie wollte nur noch in seine starken Arme sinken und alles um sich herum vergessen. Jack nahm sie zärtlich in seine Arme. Sie fühlte sich so unbeschreiblich wohl bei ihm, so sicher und geborgen wie sie sich noch nie im Leben gefühlt hatte. "Meine Black Rose, ich möchte dich nie wieder loslassen. Aber du kannst nicht hier bleiben. Du musst zurück, nur dann kannst du mich retten. Erst dann können wir zusammen glücklich sein. Bitte Rose helfe mir. Such die Karte, die dir den Weg zu meinem Verließ zeigt. Suche das Buch in dem das Lied steht. Suche den Schlüssel zu der Kiste, die das Gegengift enthält. Und such die schwarze Rose, die nur bei Vollmond blüht. Bitte beeil dich, wir haben nicht viel Zeit. Rebecca wird dir helfen. Ich liebe dich meine Black Rose" flüsterte er ihr in Ohr und küsste sie zärtlich auf die linke Wange. Sie wollte ihn festhalten und nie wieder los lassen. Doch alles um sie herum verblasste, verschwand im dunklen Nebel. Sie schloss die Augen. Wie sollte sie das alles denn in nicht mal einer Woche finden? Eine Träne lief ihr über die linke Wange.

Dann wachte sie auf. Die Sonne strahlte schon in das Zimmer als sie die Augen aufschlug. Es war wie bei dem ersten Traum. Sie schmeckte noch das Salz auf ihren Lippen, ihr Haar war zerzaust. Sie spürte noch seine warmen Lippen auf ihrer Wange. Sie wischte sich die Träne weg. Sie schüttelte ihren Kopf und setzte sich im Bett auf. Oh man, der Traum war so realistisch dachte Lory. Ich hab wohl eine blühende Phantasie. Dann bemerkte Lory die blutrote Rose die neben ihr auf dem Bett lag....

Etwas ließ ihr keine Ruhe. Gleich nach dem Frühstück machte sie sich auf um das Zimmer zu durchsuchen. Sie musste doch irgend etwas finden was ihr helfen könnte, das alles zu glauben und ihm zu helfen. Der Traum der vergangen Nacht spukte ihr immer wieder im Kopf herum. Das Gefühl, das sie hatte als er sie in seinen

Armen hielt. Wenn ich es nicht besser wüsste, dann würde ich sagen, ich wäre total in Jack verliebt, dachte sie, während sie fieberhaft alles durchsuchte. Die Schubladen des Schreibtisches waren verschlossen. Im Kleiderschrank waren außer Klamotten nichts zu finden. Wo sollte sie suchen? Wie sollte sie die Schubladen öffnen, ohne Schlüssel? Wenn es diesen Jack denn auch wirklich geben würde: wie mag wohl ein Mann aussehen, der hundertdreizehn Jahre verschwunden war? Selbst wenn sie ihn fände...gemeinsam glücklich werden? Er müsste doch so an die hundertdreißig Jahre alt sein und wohl auch so aussehen. Nein, das wollte sie sich besser nicht vorstellen. Sie schüttelte sich um diesen Gedanken los zu werden. Sie ging rastlos im Zimmer hin und her. Dann ging sie in den Flur, die Treppe runter, bis zu Jack's Bild. Sie schaute ihn sich genau an. Sie dachte: Jack, bitte helfe mir! Ich weiß nicht wo ich suchen soll. Kannst du mir nicht helfen, Jack, bitte? Nur einen kleinen Tipp? Ich weiß nicht mehr weiter. Was soll ich nur tun? Bitte helfe mir. Sie merkte erst spät, dass sie ihre Gedanken laut aussprach. Gott sei Dank konnte niemand sie hören, denn ihre Eltern sind nach dem

Frühstück ins Dorf gefahren um einzukaufen. Sie würden sie für total verrückt halten mit einem Bild zu sprechen. Ihre Eltern würden erst spät am Nachmittag wieder kommen. Niemand konnte sie also hören. Niemand! Niemand außer ...

Ein leichter Wind berührte ihre linke Wange. Wehte an ihr vorbei, hinauf. Die Vorhänge des Fensters auf dem Flur begannen sich zu bewegen. Sie folgte dem Wind hinauf. Als sie oben ankam, bewegte sich die Tür von Jack's, ihres Zimmers leicht. Sie folgte. Als sie im Zimmer stand, bewegte sich die Schranktür der Seite wo sie Ihre Sachen unter gebracht hatte. Sie ging auf die Schranktür zu und öffnete sie. Auf der obersten Ablage lag zusammen gefaltet eine schwarze Decke, an die der Wind leicht zerrte. Sie nahm die Decke und faltete sie auseinander. Nein es war keine Decke. Es war eine Totenkopfflagge, die schon etwas mitgenommen aussah. Ein Totenkopf mit einer roten Rose zwischen den Zähnen. Es war die Flagge von Jack's Schiff. An der rechten Seite waren zwei Ösen, die wohl dazu dienten, die Flagge am Mast des Schiffes zu befestigen. An der untersten Öse hing etwas, das Lory erst nicht bemerkte. Wie soll mir denn jetzt so ein alter Fetzen Stoff helfen dachte Lory. Mit Galgenhumor murmelte Lory leise: "Na klasse Jack, du machst wohl Witze. Was soll ich damit?" Leicht wehte der Wind die untere Öse hin und her als wenn er damit spielen wollte. Dann sah Lory, dass ein kleiner Schlüssel daran befestigt war. Dann war der Wind so plötzlich wieder weg wie er gekommen war. Ein Schlüssel, ob er wohl zu dem Schreibtisch gehört? Sie löste den Schlüssel von der Öse der Flagge und ging zum Schreibtisch hinüber. Sie versuchte die erste Schublade aufzuschließen und es klappte. In der Schublade befanden sich Briefumschläge und Blätter. In der zweiten Schublade lag ein Buch. Sie nahm es heraus und schlug es auf. Lockbuch der Secret Dream. Hm, na ob das Lockbuch mir helfen kann? Sie legte es auf den Schreibtisch und fasste noch einmal in die Schublade. Sie dachte an die alten Detektivgeschichten, wo Leute Sachen an die Unterseite von Schubladen klebten um sie zu verstecken. Sie spürte etwas kleines Hartes, was an der Unterseite der obersten Schublade befestigt war. Sie zog daran herum bis sie es endlich losbekam. Sie hielt einen weiteren Schlüssel in ihrer Hand. Ich hoffe das ist der Schlüssel zu der Kiste dachte Lory und steckte ihn in die Tasche ihrer Jeans. Sie machte sich daran die letzte, die unterste Schublade zu öffnen. Das Schloss klemmte etwas. Aber Lory bekam es doch noch auf. In der Schublade befand sich auch ein Buch- ein Tagebuch. Jack's Tagebuch ... Lory setzte sich an den Schreibtisch, zündete eine der Kerzen an denn sie fand, es wäre ein feierlicher Moment wenn sie das Tagebuch von Jack lesen würde. Ihre Gedanken wanderten. Ein Buch in dem seine geheimen Gedanken stehen, wo ich vieles über ihn erfahren könnte über den Mann, der ja angeblich schon lange auf mich wartete. Moment...angeblich? Der Wind, der Wind, der mich zu dem Versteck des Schlüssels der Schublade brachte. Das kann doch nicht sein. Der Wind: das, das war Jack! Ihr fiel es wie Schuppen von den Augen. Sie hat Jack um Hilfe gebeten, dann kann der Wind und half ihr. Jack, er wartete also wirklich. Ich hoffe, ich hab ihn nicht beleidigt, dachte sie noch. Zumindest hatte sie ja die Kerze angezündet. Das würde ihm wohl zeigen, dass sie in Ehrfurcht sein Tagebuch las. Das wäre ein besonderer Moment, den müsste sie zelebrieren. Immerhin schien sie in Jack verliebt zu sein und, na ja, das Buch wäre ja auch schon über hundert Jahre alt. Und vielleicht war Jack ja auch noch hier bei ihr... Dann endlich schlug sie das Tagebuch auf und begann darin zu lesen.

Dieses Tagebuch gehört:
Jack Branigan im Jahre 1892

10.07.1892
                    Liebes Tagebuch...

... ich frage mich wann meine Black Rose endlich zu mir kommt. Wann kann ich sie endlich in meine Arme schließen? Mir bleibt nicht mehr viel Zeit. Ich hoffe sie kommt noch rechtzeitig, bevor... es zu spät ist. Ich verkaufte mein Schiff, meine Secret Dream um uns dieses Haus zu erbauen, damit wir ein richtiges Zuhause haben in dem wir leben können. Nun warte ich jeden Tag und jeden Abend auf die Ankunft meiner Liebsten. Meine Blicke schweifen über das Meer um sie zu finden. Doch ich sehe sie noch nicht. Meine Liebste, Granni berichtet mir wer Ihr seid, die Frau aus meinen Träumen. Ich dachte, Ihr während nur ein Traum, eine Phantasie. Jetzt wo ich weiß, dass es Euch wirklich gibt, kann ich es kaum noch erwarten Euch in meine Arme zu schließen. Die Tochter des Kommodore Luis möchte mich zum Manne. Doch ich habe mein Herz schon verloren als ich Euch das erste Mal in meinen Träumen sah. In meinen Träumen ward Ihr auf meinem Schiff. Ihr standet am Bug des Schiffes, und blicktet hinaus auf das Meer zum Sonnenuntergang hin. Eure dunklen Haare, ganz vom Wind zerzaust. Eurer dunkelrotes Samtkleid mit schwarzen Rüschen, wie bezaubernd Ihr darin aussaht. Ihr drehtet Euch zu mir um. Das schönste und süßeste Lächeln das ich je sah. Das hübscheste Gesicht was ich jemals sah. Eure Lippen so rot, Eure bernsteinfarbenen Augen. Lächelnd kamt ihr auf mich zu. Doch plötzlich verblasste Euer Antlitz, ihr verschwandet im Nebel. Dann ward ihr fort. Nun wird die Zeit knapp, der Kommodore plant etwas. Es gibt eine Verschwörung gegen mich. Vielleicht müssen wir von hier fort um wo anders in Ruhe zu leben. Ich hoffe so sehr, dass Ihr noch rechtzeitig kommt. Granni warnte mich zu lange zu warten. Ich weiß ich bin in Gefahr. Aber ich bleibe ich warte auf Euch meine Geliebte. Auch wenn ich tausend Jahre hier verharren muss. Und wenn es auch mein Tod sei, ich werde hier auf Euch warten. Ich weiß Ihr könnt mich retten. Liebe ist stärker als der Tod, aber ich hoffe es kommt nicht zum Äußersten. Kommodore Luis will mich vernichten denn er hasst mich. Seine Tochter lässt mir keine Ruhe, und er missbilligt es. Auch wenn sie das letzte Weib auf der Welt wäre, ich würde sie niemals zur Frau nehmen.

Egal was auch passieren mag, ich bleibe Euch treu, meine Black Rose.

11.07.1892

Liebes Tagebuch, immer noch keine Spur von meiner Liebsten. Ich warte sehnsüchtig auf sie.

Auf dem Markt in Tortuga, habe ich damals, als ich das erste Mal von Euch träumte, einen Rosensamen gekauft. Black Rose, die Rose der Liebe, die nur am

Vollmond blüht. Zum Zeichen meiner Liebe zu Euch. Granni sagte mir, dass Eure Lieblingsblume die Rose ist und dass Ihre Lieblingsfarben rot und schwarz sind. Dies ist eine sehr seltene Rose, sie sieht aus wie schwarzer Samt. Und es stimmt, sie blüht nur im Vollmond. Ich habe sie im Garten gepflanzt, dort wo die Trauerweide steht. Jeden Vollmond sitze ich auf der Bank davor und denke an Euch. Ich hoffe, sie wird Euch gefallen. Ich wünschte ich könnte mit Euch reden oder Euch Briefe schreiben. Aber alles was mir bleibt, ist nur dieses Tagebuch in der Hoffnung dass ich es Euch eines Tages alles selber sagen kann oder im schlimmsten Fall, dass Ihr dieses Buch findet und lest, was ich für Euch fühle. Ich habe Angst, dass Ihr es nicht mehr rechtzeitig schafft. Die Lage spannt sich immer mehr an. Der Kommodore war heute hier und wollte mich zwingen zu verschwinden. Aber wie soll ich gehen? Ohne Euch? Was wäre das für ein Leben? Ich kann nicht ohne Euch dieses Haus verlassen und damit ein Leben ohne Euch führen. Ich werde bleiben um auf Euch zu warten. Nichts wird mich dazu bringen von hier fort zu gehen ohne Euch.

12.07.1892

Liebes Tagebuch. Ich habe gestern die ganze Nacht wach gelegen um meiner Liebsten ein Lied zu schreiben, das ihr zeigen soll, wie sehr ich sie liebe.

Black Rose

Ehering, wenn er an deiner Hand wäre, würde er der Welt sagen, dass ich dein Mann wäre.
Black Rose, Black Rose, Liebling, du bist alles für mich, Black Rose.
Rote Rosen, bringe ich nach Haus zu dir, blutrote Rosen sagen mir, dass du Wirklichkeit bist.
Black Rose, wie eine Blume in ihrem Wachstum, blutrote Rosen.
Wenn du hungrig bist, werde ich dich füttern.
Wenn du durstig bist, meinen Liebestrank geben.
Wenn du weinst, werde ich deine Tränen sein.
Es gibt nichts, was ich nicht für dich tun würde.

Du weißt, ich blute jedes Mal wenn du schläfst, weil ich nicht weiß, ob ich in deinen Träumen bin.
Ich möchte alles für dich sein, Black Rose.
Liebling, du bist alles für mich, Black Rose.

...

Es ist nur für Euch. Nun weiß ich, es ist fast zu spät. Kommodore Luis wird morgen kommen. Es wurde im Dorf Ich hoffe meine Geliebte, dass Ihr es eines Tages lesen werdet. erzählt. Ich habe nur noch ein paar Stunden bis der Morgen graut und er kommt um mich zu holen. Nun bleibt mir nicht viel Zeit, und ich möchte Euch noch so vieles sagen. Vielleicht gibt es Wunder. Vielleicht werden wir uns eines Tages sehen. Mein gesamtes Vermögen liegt in einer Schatzkiste. Diese Kiste liegt in einer Höhle, die nur durch den Geheimgang zu finden ist. Dieser Geheimgang führt von diesem Haus runter an das Meer. Zu unserem kleinen Strand. Dieser Strand ist nur durch den Geheimgang zugänglich. Alles was mir gehört, gehört auch Euch. Granni kennt den Geheimgang. Sie wird ihn Euch zeigen. Meine Geliebte. nun wird es Zeit, dass ich mich verabschiede. Wenn ich sterbe, werdet Ihr in meinen Gedanken sein. Ich hätte alles getan um Euch glücklich zu machen, meine Black Rose. Ich höre ihn schon draußen, er kommt um mich zu hohlen, mir bleibt nur wenig Zeit alles zu verstecke., Ich hoffe, Ihr werdet es finden. Lebe wohl meine Black Rose.

Ihre Augen und Ihr Mund weit aufgerissen vor Erstaunen saß Lory geschockt an dem Schreibtisch, das Tagebuch noch in der Hand. Viele Gedanken wirrten in ihrem Kopf umher. Ein Gefühl der Angst machte sich langsam in ihrem Bauch breit. Was haben sie mit Jack gemacht? Wo haben sie ihn hingebracht? Er hat geschrieben, als wenn er Briefe für sie geschrieben hätte. Seine Art zu schreiben faszinierte sie. Wie sollte sie das denn nur schaffen ihn zu retten? Was hatte er noch im Traum zu ihr gesagt? Was brauchte sie um ihn zu erlösen?

1.) Das Buch in dem das Lied steht. Okay, das hatte sie wohl gefunden.

2.) Den Schlüssel für die Kiste mit dem Gegengift. Okay, den Schlüssel hatte sie wohl auch schon.

3.) Die schwarze Rose, die nur bei Vollmond blüht. Okay, sie wusste jetzt wo sie die Rose finden würde, aber wann war denn Vollmond? Hatte sie Glück, dass bald Vollmond war? Wen sollte sie fragen wann denn nun Vollmond war?

Was fehlte Ihr noch?

4.) Die Kiste mit dem Gegengift.

5.) Die Karten die sie zu seinem Verließ führen.

Und zum guten Schluss

6.) Den Geheimgang zum Strand und zur Höhle mit der Schatzkiste.

Na ja, der letzte Punkt war ja nun nicht so wichtig. Die Schatzkiste musste sie ja nun nicht unbedingt haben. Wenn Jack erst mal befreit wäre ...

Ja, wenn sie es denn schaffen würde ihn zu befreien ...

Wenn sie alles finden würde was sie brauchte ...

Und was dann? Auch wenn sie die fehlenden Sachen hätte, und selbst wenn sie sein Verließ am 13.07. finden würde und pünktlich um 0:00 Uhr da wäre, was sollte sie dann tun? Würde das reichen? Müsste sie mit den Sachen nicht noch irgendwas machen? Wäre es denn wirklich so einfach? Nur die Sachen zum Verließ bringen und dann fertig, das war es? Das kann doch nicht alles sein, oder? Irgendwo war da ein Haken, aber so lang sie auch darüber nach dachte, es wollte ihr einfach keine Lösung einfallen. Wen sollte sie fragen? Ihre Eltern, oh nein, das lieber nicht. Das würde alles nur noch komplizierter machen. Sie musste wohl noch mal mit Rebecca reden. Vielleicht hatte sie ja einen Rat. Jack schrieb ja, das Granni ihr helfen würde. Nur so ein Pech, die Granni war ja bestimmt schon lange tot. Und die alte Dame Rebecca, war ja auch schon sehr alt. Ob sie auch wirklich helfen konnte? Sie war bestimmt nicht mehr so gut zu Fuß, dass Lory sie auf ihrer Spurensuche hätte mitnehmen können. Aber alleine? Alleine, Nachts hier rumlaufen, wo sie die Gegend doch überhaupt nicht kannte und die Klippen so gefährlich steil abfallend waren? Oh man, hätte ich doch nicht so viele Gruselsachen gesehen, dann hätte ich nicht so eine Angst Nachts alleine hier rumzustreunen. Und dann auch noch bei Vollmond draußen rumlaufen. Oh man, oh man. Das kann ja heiter werden. Und keiner da, der ihre Hand hält, der sie beschützen könnte. Sie dachte lieber nicht darüber nach, ob die Hexe, die Jack verflucht hat auch noch hier irgendwo rum spukte. Denn wenn Jack rum spukte, da könnte doch auch die alte Hexe ...

Na ja, der würde bestimmt nicht gefallen, was sie vorhatte. Wenn sie denn rum spucken würde, würde sie bestimmt versuchen, ihr dazwischen zu funken. Das wäre sehr schlecht. Oh man, denk bloß nicht weiter darüber nach. Sonst bekommst du noch Albträume am helllichten Tag. Wie sollte es dann erst in der Nacht sein? Bloß nicht daran denken. Noch ist es hell draußen. Nur nicht schlafende Geister wecken. Man ich komm mir vor wie in einem Horrorfilm. Nun, was sollte sie denn als nächstes machen? Ob sie Jack noch mal um Hilfe bitten sollte? Oder sollte sie ihre Freundin Samira in Köln anrufen? Die kannte sich doch aus mit, mit ... na, mit Geistern eben. Warum war bloß ihre beste Freundin jetzt nicht hier. Warum war sie nicht mehr wie Samira, die hätte keine Angst. Die würde sich auch nicht von einer ollen Hexe einschüchtern lassen. Sie wüsste wann Vollmond ist und sie würde bestimmt auch irgend ein Ritual kennen, wie sie Jack erlösen könnte. Laut sagte sie. "Oh Jack, du hast dir leider die Falsche gesucht. Ich bin für so etwas total ungeeignet. Ich glaub nicht, dass ich dich retten kann. Ich bin ein Angsthase, und kenne mich mit so was auch nicht aus. Was soll ich denn nur tun? Ich bin allein, und hab Angst." Lory ging zum Bett setzte sich, hielt die Hände vor ihr Gesicht und fing an zu weinen. Wenn sie doch nur nicht so ein Angsthase wäre ... Sie würde Jack bestimmt enttäuschen. Bestimmt würde sie es nicht schaffen. Plötzlich spürte sie einen kalten leichten Windhauch, der ihr über die Wangen streichelte. Plötzlich fühlte sie sich nicht mehr so alleine und hilflos.

Langsam kehrte der Mut zu ihr zurück. Hoffnung keimte in ihr auf. Der Windhauch, das war Jack! Jack war bei ihr, sie war also nicht alleine. Jack würde ihr beistehen. Wenn er bei ihr war, würde sie alles schaffen können. Sie hörte ihre Mutter rufen, sie solle zum essen kommen. "Danke Jack" sagte Lory, wischte ihre Tränen fort und ging runter zum Abendessen. Erst mal stärken, dann würde sie schon weiter sehen.

Nach dem Abendessen stand sie wieder auf der Treppe vor seinem Bild. Sie musterte ihn. Sie wusste nicht warum, aber ihre Aufmerksamkeit fiel auf den Hintergrund des Portraits. Links neben ihm befand sich ein Kamin. Der Kaminsims war mit einem Rosenmuster verziert. Die wie Ranken sich dem Boden entgegen streckten. Sie hatte diesen Kamin im Haus noch nicht bemerkt, fragte sich wo der Kamin sich wohl befinden würde. In seinem Zimmer hatte sie keinen entdeckt. Auch in der Küche, oder im Esszimmer hatte sie diesen Kamin nicht gesehen. Der wäre ihr doch allein schon wegen dem Muster aufgefallen. Sie suchte im

Bild nach Anhaltspunkten. Fand jedoch keine. Das Haus hatte acht Zimmer. Im Erdgeschoss rechts kam erst die große Küche, dann folgte das Esszimmer, das hatten sie nur einmal betreten, da die Familie in der Küche aß. Nach dem Esszimmer kam das Kaminzimmer. Nun, da gab es einen schönen Kamin, aber leider war es nicht der vom Bild. Gegenüber des Kaminzimmers lag die Bibliothek. Auch mit Kamin aber ebenfalls nicht der, den sie suchte. Die Kellertreppe lag zwischen Kamin und Bibliothekzimmer. Aber im Keller würde sich wohl kein Kamin befinden. Vom Obergeschoss kannte sie nur ihr Zimmer. Da sich ihre Eltern im Kaminzimmer befanden, nahm sie die Gelegenheit wahr, um sich das Zimmer ihre Eltern genauer anzusehen. Das Zimmer lag gegenüber von ihrem. Sie betrat das Zimmer und lauschte gleichzeitig, ob ihre Eltern im Anmarsch waren. Das Licht ging an, es war auch ein schöner Kamin da, allerdings nicht verziert mit Rosen, sondern mit kleinen Engelchen. Sie begann sich langsam zu fragen, ob dieser Kamin denn überhaupt in diesem Haus war. Sie durchstreifte noch die anderen beiden Zimmer, die zwar ebenfalls schöne Kamine hatten, aber leider nicht den, den sie suchte. Im letzten Zimmer setzte sie sich entmutigt auf das schöne große Bett. Sie schaute zum Fenster hinaus und bewunderte sie Aussicht. Dann ließ sie ihre Augen durch das Zimmer schweifen. Dieses Zimmer war in schönem Blau gestrichen. Sie schaute zum Kamin hinüber. Aus den Augewinkeln bemerkte sie, dass sich neben dem Kamin etwas bewegte. Beim näheren Hinsehen, erkannte sie eine kleine Tür, die sich leicht bewegte. Die Tür war ihr vorher nicht aufgefallen. Sie war kaum zu sehen, da sie die gleiche Farbe wie die Wand hatte. Eine kleine Geheimtür. Sie wusste, dass es Jack war, der ihr wieder half. "Oh Jack, was würde ich nur ohne deine Hilfe tun?" sagte sie laut. Auf dem Kaminsims stand ein Kerzenhalter, dessen Kerze plötzlich anfing zu brennen. Sie fasste sich Mut und öffnete die Geheimtür. Der Raum, den sie betrat war sehr klein, dunkel und stickig. Im Schein der Kerze sah sie den dicken Staub, der alles bedeckte und die zahllosen Spinnennetze. So ganz behagte es ihr nicht, in diesem Raum zu sein. Direkt vor ihr befand sich eine steile, schmale Wendeltreppe, die nicht sehr vertrauenserweckend aussah. Man sah ihr an, dass der Zahn der Zeit an ihr stark genagt hatte. Langsam und sehr vorsichtig schlich sie die Wendeltreppe hinauf. Immer wieder streiften sie Spinnenweben. Bei jedem Schritt wirbelte sie viel Staub auf und das Atmen fiel ihr immer schwerer. Dunkelheit umgab sie. Nur die flackernde Kerze gab ihr ein spärliches Licht. Als sie das Ende der Treppe erreichte, stand sie vor einer Tür aus schwerem Holz. Sie versuchte sie aufzudrücken. Es knarrte zwar beträchtlich, aber sie lies sich nicht bewegen. Dann versuchte sie es mit ihrem ganzen Körpergewicht. Dann endlich gab die schwere Tür mit lautem Knarren nach. Der Raum war dunkel, vergeblich suchte sie nach einem Lichtschalter. Es wäre auch zu schön gewesen. Sie tastete sich langsam vorwärts. Im Schein der Kerze konnte sie schemenhaft einen Kaminsims entdecken, auf dem ein fünfarmiger Kerzenständer stand. Sie entzündete diese Kerzen. Endlich wurde der Raum erhellt. Sie schaute sich um. Spinnenweben und Staub wo immer sie auch hinsah. Ein Bücherregal nahm die eine Wand ganz ein. Ein Schreibtisch, ein Stuhl davor und zwei gemütliche Sessel mit einer kleinen

Anrichte. Auf der anderen Seite stand eine Staffelei und ein paar Leinwände, ein kleiner Tisch, auf dem Malutensilien lagen. Jetzt erst schaute sie den Kamin genauer an. Sie hatte es geschafft: es war der Kamin vom Portrait. Sie hatte gefunden wo nach sie gesucht hatte. Er sah wundervoll aus. Trotz der dicken Staubschicht konnte sie die schön gearbeiteten Rosen erkennen. Sie trat einen Schritt zurück, um ihn in seiner ganzen Größe zu begutachten. Über dem Kamin was ein Portrait einer Frau mit dunklen langen Haaren. Sie trug ein dunkelrotes Samtkleid mit schwarzen Rüschen. Ihr Gesicht zeigte einen verträumten Ausdruck. Ihre Lippen waren rot und sie lächelte süß. In ihren Händen hielt sie eine dunkelrote Rose, die samtig schimmerte. Lory erinnerte sich an die Zeilen aus Jack's Tagebuch. Sie sah genau so aus wie die Frau, die er beschrieben hatte. Sie ging näher an das Bild heran. Irgendwie kam ihr die Frau bekannt vor. Beim längeren Hinsehen bemerkte Lory, dass sie das Gefühl bekam, in einen Spiel zu blicken. Die Frau sah aus wie sie selbst! Aber wie konnte es sein? Sie zweifelte immer noch an der ganzen Geschichte, obwohl sie nun mehr als genug Beweise hatte, das alles wahr war. Ein Poltern riss sie aus ihren Gedanken. Sie hielt die Luft an. Der Harken für den Kamin war umgefallen und hatte diese Geräusch gemacht. "Ja, ja, Jack, ich komm schon. Ich weiß, wir haben nicht mehr viel Zeit!" Sie schaute sich den Kamin näher an. Fuhr mit den Fingern über die Verzierungen um irgend was zu finden, damit sich die Geheimtür öffnete. Nichts, sie fand nichts. Wo zum Geier steckte das denn? dachte Lory. Langsam schlich sie in den Kamin hinein mit der kleinen Kerze in der Hand. Als sie mitten im Kamin stand, hörte sie hinter sich ein Geräusch und erschrak ein wenig. Dadurch stieß sie sich den Kopf oben an einen kleinen Hebel. Vor ihr schwang leise summend eine Tür auf. Sie hatte den Geheimgang gefunden. Sie ging hindurch. Neben dem Eingang hingen Fackeln, sie nahm sich eine und zündete sie an. Vor ihr lag eine Wendeltreppe, die nach unten führte. Sie sah einladender aus als die Treppe auf der sie raufgekommen war. Mutig stieg sie die Treppe hinab. Es war ein langer Abstieg. Dann veränderte sich die Umgebung. Aus der Holztreppe wurde eine Steintreppe, und aus den

Holzwänden wurden Felswände. Es ging immer noch weiter bergab. Die Treppe endete in einer kleinen Nische einer Höhle. Sie schritt in die Höhle, an der anderen Seite befand sich auch eine Nische, die allerdings größer war als die vorherige. Sie ging darauf zu. Sie entdeckte in der Nische eine große Schatztruhe, so eine, die sie aus den Piratenfilmen kannte. Sie war unverschlossen als sie diese öffnete. In der Schatztruhe, befanden sich Schmuck, Juwelen und Goldstücke. Sie wühlte etwas darin herum. Dann stieß sie auf eine kleine Schatulle aus Holz. Sie nahm sie heraus, versuchte sie zu öffnen, doch sie war verschlossen. Sollte das die Kiste mit dem Gegengift sein? Schnell zog sie aus ihrer Jeans den Schlüssel hervor. Sie steckte ihn ins Schloss, und da, er ließ sich bewegen, die Schatulle ging auf. In der Schatulle befand sich auf dunklem Samt ein kleines Fläschchen mit einer lila Flüssigkeit und daneben ein kleines eingerolltes Pergament, das mit einem blauen Band umwickelt was. Eilig nahm sie die Sachen aus der Schatulle, stopfte sie in ihre Jeans, legte die Schatulle zurück in die Kiste und verschloss diese. Jetzt fehlten ihr nur noch zwei Sachen! Sie hatte es bald geschafft.

Hoffentlich würde sie das auch noch hinbekommen. Die schwarze Rose und die Karte zu seinem Verließ. Sie hatte noch vier Tage, war also gut im Rennen. Daher wollte sie den Weg zum Strand gehen. Er hatte von oben so schön ausgesehen, Der weiße Sand. Sie folgte dem Weg, der sie nach draußen brachte. Eine herrlich frische Luft wehte ihr entgegen. Sie schaute nach oben, der Himmel war sternenklar. Dann sah sie den Mond, der schon fast voll war. Ein Windhauch streichelte ihr über die linke Wange. Nein sie hatte keine Angst, Jack war bei ihr. Bis jetzt hatte ja alles so toll funktioniert. Alles ging wie am Schnürchen. Es lief einfach zu gut. Langsam spürte sie die Müdigkeit in ihr. Sie entschloss sich zurück zu gehen. Drehte sich um und lief in die Höhle hinein. Der Aufstieg machte ihr mehr zu schaffen. So lang hatte sie die Treppe aber nicht in Erinnerung! Die Treppe wollte und wollte nicht enden. Dann erreichte sie endlich den Kamin durch den sie gekommen war, löschte die Fackel, steckte sie in die Halterung zurück. Ging durch den Kamin, löschte die Kerzen des Kerzenständers. Schloss die Kamin - Tür. Mit der kleinen Kerze in der Hand schlüpfte sie durch die Tür zur knarrenden Wendeltreppe und diese hinunter.

Sie erreichte müde und erschöpft ihr Zimmer. Ihre Kleidung war über und über mit Staub verdreckt. Ihr Gesicht und ihre Hände schwarz vom Schmutz. Sie entschied sich ein Bad zu nehmen. Sie freute sich schon auf das heiße, entspannende Bad. Sie holte aus dem Schrank frische Nachtwäsche und begab sich Richtung Badezimmer. Als sie die Badezimmertür öffnete brannte dort helles Licht und jemand schaute sie ganz entsetzt an. Vor ihr stand eine Frau mit weit aufgerissenen Augen, die genau wie sie einen Schrei los ließ. Lory's Herz klopfte wie wild. Bewegungslos standen beide Frauen sich gegenüber mit dem Schreck noch im Gesicht. Erst als Lory sich langsam beruhigt hatte, erkannte sie die Frau. Es war Samira, ihre beste Freundin aus Köln. Was machte sie hier? Lory war verwirrt, war das ein Traum, eine Halluzination? Lory wusste nichts davon, dass Samira sie besuchen wollte.

Nach dem ersten Schreck begrüßte sie ihre Freundin freudig. Während Lory ein Bad nahm, erzählte ihr Samira davon, was alles so im alten Köln passiert war seit dem Lory weg war. Lory überlegte, ob sie Samira von Jack erzählen sollte. Ein seltsames Gefühl im Bauch hielt sie jedoch davon ab. Irgendwas stimmte hier nicht, da war sich Lory sicher. Nach dem Bad redeten die Freundinnen noch eine Weile von den alten Zeiten. Dann gingen sie zu Bett.

Lory schlief unruhig. Sie wälzte sich im Bett hin und her. Irgendwas beunruhigte sie. Sie konnte sich einfach nicht richtig in die Traumwelt fallen lassen. Irgend etwas war nun anders. Langsam glitt sie in einen Traum.

Sie war auf wieder auf dem Schiff, aber es war anders. Sie sah durch eine Nebelwand. Da stand Jack und schüttelte traurig den Kopf. Er sagte etwas, das sie aber nicht verstand, da der Nebel auch die Geräusche zu verschlucken schien. Jack setzte sich, er vergrub den Kopf in den Händen. Sie versuchte zu ihm zu kommen. Aber die Entfernung blieb. Sie fing immer schneller an zu rennen. Aber sie kam keinen Millimeter näher. Jack schaute auf und in seinen Augen sah sie Tränen. Sie rannte wie wild, ihre Lungen schmerzten, aber sie blieb wo sie war. Es war aussichtslos. Sie schaffte es nicht. Wenn sie doch nur wüsste was passiert war. Wieso konnte sie nicht zu Jack? Jack, dem die Tränen an den braungebrannten Wangen runter liefen, schüttelte wieder traurig seinen Kopf. Lory merkte erst jetzt, dass auch ihr die Tränen liefen. Der Nebel war dick und wurde immer dicker. Dann verschwand alles um sie herum. Nur Dunkelheit und dann fiel sie in ein schwarzes Loch. Lory wollte schreien doch sie konnte nicht.

Als sie aufwachte, war es noch mitten in der Nacht. Sie setzte sich im Bett auf. Als sich ihre Augen an die Dunkelheit gewöhnt hatten, schaute sie auf die andere Seite des Bettes wo ihre Freundin lag. Nein, liegen musste, aber die Bettseite war leer. Samira war nicht da. Wo war sie? Was war los? Sie saß im Bett und wartete, lauschte um irgendwelche Geräusche zu hören. Jack, wieso gab Jack auf? Warum weinte er? Wieso konnte sie nicht mehr zu ihm? Sie flüsterte " Jack? Jack bist du hier? Jack, wo bist du?" Doch nichts passierte. Kein Lüftchen bewegte sich. Kein Geräusch, nur ihr eigener Atem. " Jack, bitte..." doch nichts geschah so sehr sie ihn auch rief. Sie bekam Panik. Jack war doch immer in ihrer Nähe. Wieso war er jetzt nicht hier? Langsam schlich sie aus dem Zimmer, die Treppe herunter bis zu Jack´s Bild. "Jack, bitte lass mich nicht allein. Was ist passiert? Wo bist du? Jack?" Doch auch jetzt gab er kein Zeichen. Nichts. Sie lauschte angestrengt und wünschte sich so sehr, dass er sich doch endlich bemerkbar machen würde, doch nichts geschah. Plötzlich hörte sie leise Schritte, eine Tür die knarrte und mit einen leisen Klick geschlossen wurde. Die Geräusche kamen aus der Richtung des Kellers. Das war die einzigste Tür, die knarrte. Die Schritte kamen langsam näher. Lory drehte sich um und schlich so leise und so schnell sie konnte zurück in ihr Zimmer. Ihr schossen tausend Gedanken durch den Kopf. Im Zimmer angekommen, legte sie sich schnell wieder ins Bett, zog sich die Decke über den Kopf und lauschte. Die Schritte waren ihr gefolgt. Sie kamen langsam immer näher. Sie hörte ganz deutlich wie die Schritte jetzt zu ihr zum Bett kamen. Lory hatte Angst. Dann gingen die Schritte zur anderen Seite des Bettes.

Das Bett bewegte sich. Jemand legte sich auf die andere Seite des Bettes. Lory lag bewegungslos im Bett. Sie wollte nicht, dass Samira merkte, dass sie wach war. Wieso schlich sie nachts in den Keller? Was sollte das? Was hatte sie da zu schaffen? Und wieso misstraute Lory ihr? In dem Moment wo sie Samira sah, hatte sie ein seltsames bedrückendes Gefühl. Sie war doch ihre beste Freundin! Oder? Was hatte sich denn so plötzlich geändert? Wieso hatten plötzlich beide Geheimnisse vor einander? Und was sollte sie jetzt tun, wenn Jack ihr nicht mehr helfen konnte? Sie wollte nicht, dass Samira etwas von Jack erfuhr. Aber konnte sie das alles alleine schaffen? Alleine ohne Jack? Und konnte sie das alles vor Samira geheim halten? Was soll ich nur tun? Und wie? Lory dachte noch lange nach. Sie schlief erst ein als der Morgen schon graute. Sie fiel in einen traumlosen Schlaf.

Beim Frühstück unterhielten sich die beiden Freundinnen über ihre gemeinsamen Erlebnisse. Lory versuchte sich nicht anmerken zu lassen, dass sie Samira misstraute. Während des ganzen Frühstückes versuchte Lory eine Lösung zu finden. Wie sollte sie Samira los werden damit sie ungestört weiter nach den Teilen suchen konnte, die sie unbedingt haben musste? Samira durfte nichts von ihrem Vorhaben wissen. Und Lory musste herausfinden, was Samira vorhatte. Und wieso konnte Jack keinen Kontakt mit ihr herstellen? Sie musste herausfinden, was Samira im Keller gemacht hatte. Nach dem Frühstück gingen die beiden Freundinnen spazieren um die Gegend zu erkunden.

Während sie um das Haus gingen, entdeckten sie einen jungen großgewachsenen Mann mit breiten Schultern, der das Rosenbeet harkte. Seine schwarzen Haare glänzten in der Sonne.
Er war bekleidet mit einen hellblauen T-Shirt und einer dunkelblauen Jeans. Sie fanden es lustig, ihn beim arbeiten zu beobachten. Er schien es nicht zu bemerken und arbeitete eifrig weiter. Die Sonne stand hoch am

Himmel und die Blumen strömten einen süßlichen Duft aus.

So friedlich wirkte das alles hier. Die Vögel in den Bäumen zwitscherten, ansonsten war nur das Harken zu hören von dem gut gebauten Mann. Lory fragte sich wie wohl sein Gesicht aussehen würde. Minuten lang standen die beiden beobachtend da, ohne ein Wort zu sagen. Dann drehte sich der Fremde um. Als er die beiden Mädchen so verträumt stehen sah, lächelte er. Seine mandelförmigen Augen strahlten Lory an. Sein Lächeln war sehr süß. Er hatte ein Vollmondgesicht. Seine schwarzen Haare waren bis auf die Schultern fallend glatt. Sein süßes Gesicht war von seinem Pony umrahmt. Seine Ponysträhnen endeten erst ein bisschen unter seinem Kinn. Er hatte nur Augen für Lory. Verlegen trat er vom einen auf das andere Bein. "Ja, Hallo" sagte er verlegen. "Ich kümmere mich hier so ein bisschen um die Rosen." plapperte er.

Lory sagte: "ich bin Lory, das ist meine Freundin Samira. Und wie heißt du?" Der junge Mann, legte seinen Kopf schief, schaute nach links hoch als wenn er darüber nachdenken müsste und meinte: "Ich heiße Wang." Lory fragte: "Wang?" "Ja" antwortete er nach einer kurzen Pause. "Was bedeute das?" fragte Lory. In dem Augenblick guckte er etwas erschrocken und sagte lauter als er vorher sprach: "Das ist die Wahrheit!!!" Lory musste ein Lachen unterdrücken. Er war süß und er war sehr lustig. "Ich komme aus China" sagte er noch schnell. Lory wusste nicht so recht was sie sagen sollte. "Du sprichst aber gut deutsch" sagte sie. Im gleichen Moment dachte sie, dass sie wohl was blödes gesagt haben musste, denn Wang verabschiedete sich schnell und verschwand zügig im Wald. Lory und Samira schauten ihm etwas verwirrt nach. Samira war etwas gereizt, da der junge Mann sie nicht beachtet hatte. "Der ist ja total blöd" sagte sie. Lory sagte nichts dazu. Was sollte sie auch sagen? Dass sie den Jungen süß fand? Dann würde Samira sie bestimmt auslachen. Lory hoffte, dass sie ihn irgendwann mal wiedersah. Die Freundinnen erkundeten sie die Umgebung weiter. Samira verlor kein Wort mehr über den jungen Mann. Man konnte Samira ansehen, dass die Begegnung ihr nicht in den Kram passte. Und der Verlauf der

Begegnung schon mal gar nicht. Sie war eben sehr von sich überzeugt und meinte, jeder Mann müsste sie toll finden. Aber dieser Junge Mann hatte Samira einfach ignoriert. Lory dachte über alles nach. Wenn sie nicht schon in Jack verliebt wäre, hätte sie sich jetzt Hals über Kopf in diesen Chinesen verliebt. Während sie so darüber nach dachte, stolperte sie fast über eine Steinbank. Bei näherem Betrachten der Umgebung fiel ihr auf, dass es sich um die Bank handeln musste, die Jack in seinem Tagebuch erwähnt hatte. Ihr gegenüber stand ein schöner Strauch von schwarzen Rosen, deren Blüten noch geschlossen waren und die Trauerweide war auch an dem beschriebenen Patz. Sie hatte also wieder ein Puzzelteilchen gefunden. Der junge Mann hatte ihr wohl Glück gebracht. Jetzt stellte sich nur die Frage, wie Lory dieses Puzzelteilchen bekommen konnte, ohne dass Samira das mitbekam. Irgendwie müsste Samira doch abgelenkte werden. Aber wie?

Lory saß mit ihren Eltern und ihrer Freundin beim Abendessen. Draußen war es schon dunkel geworden. Während der angeregten Unterhaltung, die zwischen den

Anwesenden lief, dachte Lory, unbemerkt von den anderen, darüber nach, welchen Schritt sie nun als nächstes machen sollte. Die Zeit lief ihr davon. Wie sollte sie Jack denn heimlich befreien können? Würde sie es denn überhaupt geheim halten können? Würde sie rechtzeitig die restlichen Sachen finden? Wie wurde sie am besten Samira los um ihren Auftrag zu erfüllen? Wenn sie doch nur einen Ausweg finden würde. Wieso hatte sie keinen Kontakt mehr zu Jack? Und was war mit dem Chinesen? Würde sie ihn wiedersehen? Halt, Moment! Hatte sie jetzt nicht größere Probleme als die Zeit mit Gedanken an den jungen Mann zu verschwenden, den sie erst einmal gesehen hatte? Und außerdem war sie doch schon verliebt! Verliebt in Jack! Oder? Während sie so ihren Gedanken nach hing, sah sie immer wieder das Gesicht des Chinesen vor sich, der so süß lächelte. Und ihr Herz begann zu klopfen.

Plötzlich wurde sie jäh aus den Gedanken gerissen und die übrigen Anwesenden verstummten. Ein gruseliges, jämmerliches Geräusch durchbrach die Stille. Es war ein herzzerreißendes Maunzen. Während sich alle erschreckt ansahen, stand Lory auf, um dem Geräusch, das immer wieder kehrte auf den Grund zu gehen. Lory verließ das Esszimmer, und die Anderen nahmen wieder ihre Unterhaltung auf. Leise schlich Lory in die Richtung in der das Maunzen kam. Vor der Haustür blieb sie stehen und lauschte. Langsam und vorsichtig öffnete sie die Haustür. Draußen war es stockdunkel. Das Licht des Flures durchbrach nur ein wenig die Dunkelheit. Angestrengt versuchte Lory in der Dunkelheit etwas zu erkennen während sie die Tür immer weiter öffnete. Dann sah sie zwei glühende Punkte in der Nacht. Sie schimmerten gelb-grünlich. Das Geräusch verstummte. Als sich Lory's Augen an die Lichtverhältnisse einigermaßen gewöhnt hatten, erkannte sie allmählich die glühenden Punkte. Es waren die Augen einer kleinen, zierlichen Katze, die am Fuße der Treppe saß. Ihr schwarzes Fell glänzte im fahlen Licht. Die Katze beobachtete Lory ganz genau, verfolgte jede noch so kleine Bewegung. Lory hockte sich hin. Dann sagte sie. "Na du. Wer bist du denn?" Die Katze legte ihren Kopf nach rechts, schaute schief zu Lory hinauf, so als wenn sie erst einmal über ihre Antwort nachdenken müsste.

Unwillkürlich musste Lory in dem Augenblick an Wang denken. Er hatte doch genau so reagiert als Lory ihn fragte, wer er war. Lory konnte nur mit Mühe das Lachen unterdrücken. Dann stand die kleine Katze auf, bewegte sich ganz langsam die Treppen rauf zu Lory. Oben angekommen, setzte sie sich vor Lory hin und maunzte kurz. Lory fragte: "Was machst du denn hier?" Die Katze legte ihren Kopf in Wang - Manier wieder schief um über die Frage nach zudenken und Lory dabei anzusehen. Diese Katze hatte wohl eindeutig sehr viel Zeit mit Wang verbracht, dachte Lory. Musste aber die ganze Zeit das Lachen unterdrücken. Die Katze war so süß, fast so süß wie er, wie Wang selbst. Die Katze stand auf, kam auf Lory zu und strich mit ihrem Kopf an Lory's Beinen entlang. Lory streichelte sie, und die Katze begann leise zu schnurren. Es war so eine friedliche Szene. Plötzlich fauchte die Katze aus Leibeskräften und schlug mit der rechten Pfote mit ausgefahrenen Krallen in die Luft. Dann rannte sie schnell wie der Blitz zwischen Lory's Beinen hindurch in das Haus hinein. Das ging so schnell dass Lory vor Schreck fast das Gleichgewicht verlor.

Hinter ihr hörte sie ein Fluchen, das sie abermals erschreckte. Sie erkannte Samira, die wütend über die Katze fluchte. "Das Mistvieh, wir fangen es und schmeißen es ins Meer. Dämliches Viech! ..." Samira schien sich gar nicht einzukriegen. Sie fluchte und schimpfte, dass sich die Balken bogen. Was war bloß mit Samira los, so kannte ich sie gar nicht. Sie mochte doch Tiere. Sie hatte doch noch nie etwas gegen Katzen gehabt. Lory wunderte sich über Samira's Wutausbruch und über die Reaktion der Katze. Es war wohl klar, dass beide Parteien sich nicht ausstehen konnten. Die Frage war nur wieso? Samira hatte doch noch nie Probleme mit Tieren gehabt und die Katze war doch zu Lory ganz lieb gewesen. "Wir müssen das Viech fangen und es da hin bringen, wo es nie wieder rauskommt!" meckerte Samira. Lory versuchte, ihre Freundin zu beruhigen. Sie verstand zwar nicht was hier lief aber sie hatte das Gefühl, dass sie Samira von der Katze ablenken musste, damit dieser nichts geschah.

Warum auch immer Samira ihr nach dem Leben trachtete. Das konnte Lory auf gar keinen Fall zulassen. Sie mochte die kleine zierliche Katze, die sie so sehr an Wang erinnerte. Sie schob Samira in Richtung des Esszimmers mit den Worten, dass sie sich später immer noch um die Katze kümmern könnten und dass doch in ein paar Minuten ein Film von Samira's Lieblingsschauspieler im TV kam, den sie doch bestimmt nicht wegen so einer blöden Katze verpassen wollte. Morgen wäre doch immer noch genug Zeit auf Katzenjagd zu gehen. Zum Glück ließ sich Samira beruhig ablenken. Die Lage entspannte sich langsam. Als die Freundinnen ins Esszimmer kamen, waren die Eltern schon dabei den Tisch abzuräumen, nachdem Lory in kurzen Worten ihre Eltern über das Zusammentreffen mit der Katze informierte. Wobei sie allerdings Samira's Wutausbruch und den der Katze wegließ, gingen alle gemeinsam hinüber im das Wohnzimmer, in dem der Fernseher stand. Bald würde der Film mit Brad Pitt beginnen, dem Lieblingsschauspieler von Samira. Warum sie ihn so toll fand, hatte Lory noch nie verstanden. Der Fernseher wurde angeschaltet, das richtige Programm gesucht und alle setzten sich gemütlich hin, um sich den Film an zusehen. Gerade lief noch Werbung. Lory überlegte wie sie sich jetzt am besten aus dem Staub machen konnte, um in aller Ruhe und unbemerkt die Katze suchen zu können. Denn sowohl Samira als auch ihre Eltern waren gleich abgelenkt. Und bis zum Ende des Filmes würde Lory ihre Ruhe haben.

Kurz nachdem der Film begann, schlich sich Lory davon. Sie behauptete, dass sie den Film schon kennen würde und daher lieber ein Bad nähme. Sie durchsuchte erst das Erdgeschoss, blieb vor der Kellertür stehen und spielte mit dem Gedanken, dass sie auch den Keller durchsuchen könnte. Heraus finden was Samira da wohl des nachts im Keller zu tun hatte. Sie verwarf den Gedanken wieder, da sie wusste, dass die Tür knarrte. Damit hätte sie dann die Aufmerksamkeit der im Wohnzimmer Anwesenden. Das wollte sie ja vermeiden. Nun, im Erdgeschoss war nichts zu finden. Lory stieg die Treppe ins Obergeschoss herauf. Langsam schlich sie den Gang entlang. Ein Zimmer

nach dem anderen durchsuchte sie. Aber nichts. Die
Katze war und blieb verschwunden. Wo sollte sie noch
suchen? Sie hatte alle Zimmer genauestens durchsucht.
Das einzige Zimmer in dem sie nur sporadisch
nachgeschaut hatte, war ihr eigenes. Insgeheim fragte
sie sich wo die Katze sich versteckt hatte. Wenn sie Wang
fragen könnte, dann hätte sie die Katze bestimmt schon
gefunden. Er wüsste es, da war sie sich ganz sicher. Mit
diesen Gedanken betrat Lory ihr Zimmer.

Als ihr Blick auf das Bett fiel, staunte sie nicht
schlecht auf dem Bett die Katze zu entdecken. Sie
lag ganz gemütlich im Bett, streckte eine Pfote aus, legte
den Kopf schief und guckte Lory von unten herauf an,
als wenn sie sagen wollte; Hey wo warst du so lange?
Lory ging langsam zu Bett, setzte sich auf das selbe
und redete mit der Katze. Die Katze kam schnurrend
auf sie zu, lies sich etwas kraulen, sprang dann vom Bett
und ging zu Tür. Vor der Tür angekommen, schaute
sie sich nach Lory um und gab einen kurzen Maunzer
von sich. "Du möchtest wohl das ich mitkomme" sagte

66

Lory und ging auf die Katze zu. Als die Katze sah, dass Lory sich auf sie zu bewegte, lief sie weiter. Lory folgte. Die Treppe hinunter bis vor die Haustür. Dort drehte sich die Katze wieder zu Lory um. Lory öffnete die Tür und die Katze ging hinaus und wartet , dass Lory ihr weiter hin folgte. Der Spaziergang endete vor der Steinbank unter der Trauerweide. Lory' s Augen hatten sich nur langsam an die Dunkelheit gewöhnt. Sie wünschte sie hätte eine Taschenlampe mitgenommen. Dann sprang die Katze auf die Bank, setzte sich und schaute zum Rosenstrauch und wieder zu Lory. Immer hin und her. Lory ging näher an die Rosen heran und sah, dass sie blühten. Mensch es ist Vollmond, die Rosen blühen. Schnell brach sie die schönste Rose ab. Wieder ein Puzzleteilchen gefunden. Woher wusste die Katze nur was sie suchte? Hatte Jack sie ihr geschickt? " Miau" hörte sie diese rufen. Lory drehte sich zur Katze um, die nun von der Bank gesprungen war und erwartete, dass Lory ihr weiterhin folgte. So langsam verzogen sich die Wolken und der Mond schien hell. Die Katze tapste unbeirrt weiter. Immer weiter vom Haus Richtung Wald. Lory wurde es bang. Mitten in der Nacht durch diesen Gruselwald? Musste das jetzt wirklich sein? Die Katze drehte sich immer wieder nach ihr um, um zu sehen, ob Lory hinter her kam. Lory zögerte einen Moment. "Mau" beschwerte sich die Katze, der es nicht schnell genug voran ging. Wieder wünschte sich Lory, dass sie eine Taschenlampe hätte mitnehmen sollen. "Ja, ja ich komm ja schon!" maulte Lory vor sich hin. Sie marschierten einen kleinen engen Waldweg entlang. Es wurde Lory immer mulmiger zu mute. Immer tiefer ging es in den Wald hinein. Die Geräusche waren richtig gruselig. Irgendwo schrie ein Käuzchen, ein anderes schimpfte vor sich hin. Überall raschelte es immer wieder. Lory's Herz schlug immer schneller. Immer wieder sah sie Szenen in ihrer Phantasie, die sie in Horrorfilmen gesehen hatte. Durch den dichten Wald drang kaum Licht. Lory musste sich sehr anstrengen um überhaupt etwas zu sehen. Immer wieder hatte sie große Mühe, ihre Hand vor Augen zu erkennen. Zeitweise musste sie sich wegen der Richtung nach der Stimme der Katze richten. Oh je, wenn die Katze jetzt verschwindet, wenn sie den Anschluss verlor? Was sollte sie dann machen? Am Tag war der Wald ja genau so gruselig wie in der Nacht. Ob sie jemals den Ausgang wieder finden würde? Lory versuchte gegen die aufkommende Panik zu wehren. Sie zitterte vor Angst. Aber es war zu spät um umzudrehen. Sie würde den Weg zurück nicht mehr finden. Die Panik schnürte ihr fast die Kehle zu. Was machte sie hier nur? Ihre Gedanken und ihr Puls rasten. Immer wieder seltsame Geräusche. Und dann passierte es! Sie knallte voll mit ihrem Kopf gegen etwas und verlor das Gleichgewicht. "Autsch!!!" schrie Lory vor Schmerz und vor Schreck. Da saß sie nun auf dem Boden und hielt sich den Kopf. "So ein Scheiß" meckerte sie vor sich hin. Plötzlich spürte sie eine Berührung, eine Hand auf ihrer Schulter. Sie schrie aus Leibeskräften. Die Augen vor Schreck weit geöffnet, drehte sie ihre Kopf in die Richtung, aus der die Hand gekommen war. Sie dachte ihr letztes Stündlein hätte geschlagen. Wer weiß welchen Mörder, Verrückte oder sonstige Nachtgestalten hier ihr Unwesen trieben. Dann sah sie ein Gesicht. Das Gesicht lächelte. Sie schaute in ein lächelndes Gesicht. "Oh, so eindrucksvoll bin ich?" sagte das lächelnde Gesicht freundlich und schmunzelte in sich hinein. Jetzt erst erkannte sie das Lächeln.

Es gehörte zu Wang. Das war zu viel für die arme Lory. Sie schaute ihn nur mit großen Augen an. "Wie geht es dir?" fragte er und lächelte sein zuckersüßes Lächeln. Lory war vollends verwirrt. Was machte er mitten in der Nacht im Wald? Er legte den Kopf schief, schielte nach oben als wenn er nachdenken müsste. Dann sagte er: "Du hast geklopft, hier bin ich. Was machst du mitten in der Nacht hier?" Lory hatte nur noch Fragenzeichen in ihrem Kopf. Er schaute hinüber zur Tür, gegen die sie gelaufen war. Diese stand jetzt auf. Ein kleines Licht erhellte die Dunkelheit nur schwach. Die Katze saß mitten auf der Türschwelle und guckte die beiden Menschen an, als wenn sie sagen wollte, was denn kommt ihr nicht rein? Wang half Lory aufzustehen. "Können wir uns bitte später unterhalten, ich möchte das Online - Spiel erst zu ende spielen. Die warten schon. Bitte!" bat Wang sie. Lory folgte dem jungen Mann ins Haus. Immer noch total verwirrt und sprachlos. Sie durchquerten das große schöne Wohnzimmer, gingen durch eine Tür, die in einem Flur endete, eine Treppe hinauf, oben dann nach links am Ende des Flures zur Tür, die offen stand. Sie betraten den Raum, der wohl sein Zimmer war. Ein großes Holzbett zur rechten, ein Schreibtisch mit einem Computer darauf und einem Stuhl davor, grade aus vor dem Fenster. An der linken Seite befanden sich Regale und ein Kleiderschrank. Wang wies ihr einen Platz auf dem Bett zu. Er setzte sich vor den Computer und spiele sein Online-Spiel. Lory war immer noch völlig durch den Wind. Wie sie so da saß, und ihm beim Spielen betrachtete, sprang die Katze aufs Bett, legte sich direkt neben Lory und schnurrte vor sich hin. Lory kraulte die Katze und beruhigte sich so langsam. Als Wang sein Spiel beendet hatte, drehte er zu Lory um. Er lächelte, legte seine Kopf schief und fragte "Ja, was verschafft mir die Ehre deines Besuches?" Lory, die sich wieder beruhigt hatte und nun nur noch mit ihrem klopfenden Herzen und ihren allmählich rot werdenden Kopf zu kämpfen hatte, sagte:"Die Katze! Ich bin der Katze gefolgt." Sein Lächeln verschwand.

"Der Katze gefolgt" wiederholte er. "Ich verstehe." sagte er enttäuscht. Was versteht er? Was ist los mit ihm? "Dann hast du sie ja gefunden. Soll ich dich nach Hause bringen?" Lory war total überrumpelt. Wie konnte denn seine Laune so schnell umschlagen? Was war denn passiert? Was passiert denn hier überhaupt? Lory's Gedanken überschlugen sich. Sie hatte plötzlich Angst. Angst ihn zu verlieren. Ihn verlieren? Wieso ich hab ihn doch gar nicht. Ich hab doch Jack?

Oh man, was ist nur los mit mir? Während die ganzen Gedanken durch ihren Kopf schossen, machte Wang den Versuch aufzustehen. Er kam aber nicht dazu, denn die Katze hatte sich blitzschnell vom Bett runter, auf ihn zu und auf seinen Schoß manövriert und setzte sich hin. Das machte es Wang unmöglich aufzustehen. Also blieb er sitzen. Atmete hörbar ein und aus. Gab sich aber geschlagen. Lory war zum Heulen zu mute. Die Katze dreist wie sie war, maunzte Wang auffordernd an. Als er nicht so reagierte wie sie es gerne hätte, wurde sie lauter. Wang streichelte die Katze, schaute Lory an. Dann sagte er traurig "Du hast die Rose gepflückt. Du bist hier wegen Jack. Ich weiß, Rebecka hat immer gesagt, dass du kommen würdest. Ich habe ihr nicht geglaubt. Das bedeutet, es gibt keine Chance." Lory stand der Mund weit offen. Was meinte er damit, dass es keine Chance gab? Wofür keine Chance? Sie sagte aber folgendes. "Ja ich bin hier um Jack zu erlösen. Was danach ist, weiß ich nicht. Ich weiß nicht, ob ich es schaffe. Ich weiß nicht wie ich es überhaupt schaffen soll." Dann atmete sie tief ein und fragte: "Hilfst du mir?" Wang schaute sie mit traurigem Blick an und nickte langsam. Stand auf, setze die Katze vorsichtig auf seinen Stuhl ab. Kramte in der Schreibtischschublade und holte eine Taschenlampe hervor. "Du hast nicht mehr viel Zeit. Wir müssen uns beeilen." Ohne ein Wort zu sagen verließen die beiden das Haus und gingen in Richtung von Rosehouse. Gefolgt von der Katze, die immer noch nicht das erreicht hatte, was sie ursprünglich geplant hatte. Schweigend brachten sie den ganzen Weg hinter sich. Jetzt erst dachte Lory darüber nach, ob ihr Verschwinden wohl entdeckt worden war. Was sollte sie dann sagen, warum sie weggegangen ist? Und das auch noch ohne Bescheid zu geben, dass sie geht und wohin. Oh, das würde Ärger geben. Der Weg schien ihr kürzer zurück, als der Weg zu ihm hin. Sie merkte, dass er sie immer wieder von der Seite her beobachtete. Was denkt er wohl? Meinte er, dass es keine Chance für sie beide gab? Warum, wegen Jack? Die Zeit mit Wang ging so schnell vorbei. Insgeheim wünschte sie sich, dass der Weg nicht enden würde damit sie bei ihm sein konnte. Und es war das erste Mal, dass sie sich wünschte, dass es Jack nicht gab. Sie erschrak bei dem Gedanken. Wie konnte sie sich nur so was wünschen? Der arme Jack. Er brauchte sie doch so dringend. Dann standen sie auch schon vor Rosehouse. "Ich komme morgen Abend. Dann versuchen wir Jack zu finden und die Sachen, die du noch brauchst. Ich werde heute Nachmittag zu Rebecka gehen, vielleicht kann sie uns helfen." sagte er leise. Er schaute Lory tief in die Augen. Sie hoffte, dass er sie einfach küssen würde. Aber sie wartete vergebend. Er küsste sie nicht, er schaute ihr nur lange und tief in die Augen. Sie bemerkten nicht, dass die Haustür geöffnet wurde und eine Person sie beobachtete. Als es der

Person zu lange dauerte, räusperte sie sich und sagte dann: "Willst du mir den jungen Mann nicht vorstellen?" Es war Lory 's Mam, die lächelnd in der Haustür stand. Lory und Wang wurden beide knall rot. "Willst du den jungen Mann nicht reinbitten?" Lory wusste nicht, was sie tun sollte. Also bat sie Wang rein, alle vier, inklusive die Katze, gingen ins Wohnzimmer wo Lory 's Vater und Samira schon warteten. Lory stellte allen den jungen Mann vor. Er war sehr höfflich und gut erzogen, was Ihre Mutter später bemerkte als er schon gegangen war. Die Anwesenden unterhielten sich kurz. Wang wollte sich schon verabschieden um den Heimweg an zu treten, als Lory 's Vater es sich nicht nehmen lies, den jungen Mann persönlich nach Hause zu fahren. Die Katze nahm Wang natürlich mit. Lory hatte ihm noch schnell zugeflüstert, dass Samira die Katze nicht ausstehen konnte und es vielleicht gefährlich wäre wenn sie da bleiben würde. Die Zurückgebliebenen gingen dann bald darauf in ihre Zimmer um zu schlafen. Samira meckerte noch eine Weile über das Mistviech von Katze und schimpfte mit Lory, dass sie sich mit so einem seltsamen Typ wie dem Chinesen abgab. Lory ignorierte das Gemeckere von Samira. Dann gingen auch sie schlafen.

Lory schlief sehr unruhig. Als das Bett sich bewegte, wurde sie wach. Sie bemerkte, dass die Bettseite neben ihr wieder leer war. Hörte, wie sich Schritte entfernten. Samira war also wieder unterwegs. Diesmal wollte Lory herausfinden, was ihre Freundin denn mitten in der Nacht so trieb. Langsam und leise schlich Lory aus dem Zimmer, die Treppe hinunter, den Schritten nach zur Kellertür. Leise quietschend wurde diese geöffnet. Als Lory das Geräusch hörte, beeilte sie sich um noch durch die geöffnete Tür zu gelangen. Mit einer Fingerspitze hielt sie die Tür auf damit sie sich nicht schloss. Sie wartete noch einen Augenblick, bis sie die Schritte auf der Kellertreppe nicht mehr hörte. Es war grade noch genug Platz, dass sie sich durchzwängen konnte, ohne die Tür bewegen zu müssen. Sie schlich leise und vorsichtig die Treppe hinunter. Sie war vorher noch nie hier unten gewesen. Überall hingen Spinnweben. Am Ende der Treppe gab es zwei Gänge, einen zum rechten und einen zum linken Gang. Aus dem rechten Gang sah sie einen Lichtstrahl. Sie ging langsam darauf zu. Die Tür am Ende des Ganges stand einen Spalt breit auf. Lory schaute durch den kleinen Spalt. An den Wänden hingen Kerzenständer, in der Mitte des Raumes stand eine Art Altar, bedeckt mit einem schwarzen Tuch, auf dem zwei schwarze Kerzen brannten. In der Mitte des Altars stand ein Spiegel. Dann sah sie von rechts Samira in die Szenerie ein. Sie war bekleidet mit einem schwarzen Umhang und trug in ihren Händen silbernes Gefäß, das aussah wie eine Schüssel, aus der es rauchte. Lory hatte von ihrem Standort aus den direkten Blick auf den Altar. Samira kniete sich vor den Altar. Sie summte vor sich hin, eine Art Singsang, der stetig anschwoll. Jetzt wo der Singsang lauter wurde, verstand Lory einzelne Wörter. "rufe dich … komm … Miranda …" Miranda, wer ist denn das? Was macht sie denn da? Was hat denn das alles zu bedeuten? dachte Lory. Für sie hatte das Ähnlichkeiten mit einer Teufelsbeschwörung. Gespannt folgte sie dem Schauspiel was sich ihr weiter bot. Langsam fröstelte Lory, es war zu gruselig was jetzt geschah. Der Spiegel veränderte sich. Hatte sich vorher einer der

Kerzenleuchter an der Wand darin gespiegelt, wurde er jetzt von weißem Rauch erfüllt, der sich langsam verdichtete. Lory bekam Angst. Was hatte das alles nur zu bedeuten? War das wirklich ihre Freundin, die solche Sachen machte? Der Nebel verblasste langsam und ein altes Gesicht kam zu Vorschein. Es war sehr faltig und wirkte als wenn es schon über hundert Jahre als wäre. Die Frau musste mal sehr hübsch gewesen sein als sie noch jung war. Dann entdeckte Lory eine gewisse Ähnlichkeit zwischen Samira und der alten Frau. Samira 's Singsang verstummte. "Gut gemacht" sagte die alte Frau zu Samira. "Du hast den Kontakt zwischen Jack und der Kleinen unterbrochen. Er kann ihr nicht mehr helfen. Es ist nicht mehr viel Zeit. Wenn sie es nicht schafft ihn zu erlösen ist er für immer gefangen." Die Frau im Spiegel lachte. "Das ist die Rache, dass er meine Tochter nicht haben wollte. Er soll für immer im Zwischenreich gefangen bleiben! Und Höllenqualen erleiden. Und die kleine Rose? Du hast sie immer noch nicht erledigt? Ich hätte sie damals nicht in eine Katze verwandeln sollen. Sondern in irgend ein kriechendes Insekt. Wie viele Leben mag dieses Kätzchen denn noch haben, bis sie endlich gestorben ist. Dass sie es sich wagt in diese Haus zu kommen!" Lory hörte ganz gespannt zu. Hoffentlich wurde sie nicht entdeckt. "Ich habe versucht, das Viech zu erledigen. Aber dieser kleine Chinese beschützt sie. Aber ich werde sie noch kriegen, das verspreche ich dir Urgroßmutter." Dann lachte Samira. "Ich habe die schwarze Rose mit einem chemischen Zeug besprüht, das stark ätzend ist. Wenn Lory versuchen sollte, eine davon anzufassen, wird sie sich die Hände verletzen." Lory war sprachlos. Das musste Samira wohl gemacht haben nachdem sie schon eine Rose abgebrochen hatte. Gottseihdank hatte die Katze sie vorher zum Strauch geführt. Nicht auszudenken, was jetzt passieren würde wenn sie den Rosen zu nahe kam. Sie musste Wang warnen, damit er die Rosen nicht berührte. Es war ja sein Job, die Rosen zu versorgen. Sie wollte nicht, dass er sich verletzte, dachte Lory. Die Alte sprach wieder "Armer kleiner China-Mann, er wird Lory nie bekommen. Er kann sie nicht beschützen. Liebe ist eben nicht die stärkste Macht! Er kann sie nicht retten. Ihr Schicksal ist das gleiche wie das von Rose. Wird er sie noch lieben können, wenn sie erst mal eine

Katze ist? Wird er sie dann noch erkennen? Die
Männer und ihre Liebe, ha." Lory hatte nun genug
gehört. Zeit, den Keller schnell zu verlassen. Langsam
und vorsichtig suchte sie den Weg in die Freiheit, zurück
in ihr Zimmer. Von Weitem hörte sie noch beide
Frauen lachen, als wenn sie sich die besten Witze
erzählen würden. Lory war sehr traurig und enttäuscht.
Was war aus ihrer besten Freundin nur geworden? War
sie ihr wirklich so egal? Haben die ganzen Jahre tiefe
Freundschaft ihr denn nichts bedeutet? Hatte sie ihr das
alles nur vorgespielt? All die ganzen Jahre? Was ist
nur geschehen, dass ich sie nicht mehr verstehe? Lory 's
traurige Gedanken und der dumpfe Schmerz in ihrem
Herzen brachten sie zum weinen. Tränen rannten ihr
Gesicht herab. Und das schlimmste noch, ihre so genannte
Freundin war sogar das Risiko eingegangen, dass
Lory sich die Hände verätzte. Als Katze sollte sie
verwandelt werden. Warum? Nur weil sie Jack erlösen
wollte? Gibt es denn auf dieser Welt keine Gerechtigkeit?
Gibt es denn niemand der ihr helfen könnte? Wang?
Nein, er sollte nicht auch noch damit hinein gezogen
werden. Wer weiß was sie ihm antun würden. Er war ihr

einfach zu wichtig. Ihm durfte nicht auch noch was passieren. Wie viel Zeit hatte sie noch um ihn zu warnen? Würde sie schon morgen als Katze aufwachen? Jack konnte ihr nicht mehr helfen. Sollte sie jetzt wirklich aufgeben? Konnte sie denn einfach so aufgeben? Würde es etwas an der Situation ändern? Konnte sie Jack denn wirklich im Stich lassen? Würde sie dann trotzdem in eine Katze verwandelt werden? Was sollte sie nur tun? Welchen Weg sollte sie gehen? Als sie in ihrem Zimmer angekommen war, legte sie sich wieder ins Bett, damit zumindest Samira nicht merkte, dass sie wusste, dass etwas nicht in Ordnung war. Dass sie nicht merkte, das Lory alles wusste. Wie sollte sie nur in Samira's Augen schauen nach dem sie nun wusste wie sie zu ihr stand? Konnte sie wirklich so tun als wäre nichts passiert, als hätte sie das alles heute nicht gehört? Während sie so ihren Gedanken nach hin, schlief sie erschöpft ein.

Lory schlief friedlich. Sie sah sich im Traum auf einer Karibischen Insel. Sie saß an dem weißen Sandstrand und schaute hinauf auf das Meer. Die

Sonne glühte rot und senkte sich langsam dem Wasser entgegen. Es war warm, der laue Luftzug wehte eine Prise salzige Meerluft her. Die Wellen plätscherten leise. In den Gipfeln der Palmen saßen Vögel, die sich angeregt zu unterhalten schienen. Lory hatte um ihren schwarzen Badeanzug ein dunkel lila Tuch gehangen. Die Szene war so friedlich, so beruhigend. Jemand berührte ihre Schulter. Sie erschrak nicht, sie drehte sich nicht um, denn sie wusste wer es war. Sie fühlte sich so geborgen. Es war so ein tolles Gefühl. Sie war in Sicherheit. Er setzte sich hinter sie, schlang seine Arme um sie. Sie kuschelte sich in seine Arme. Sie hoffte, dass dieser Tag nie vergehen würde. Nur hier zu sitzen mit ihm, das wünschte sie sich. Er küsste sie zärtlich auf die rechte Seite ihres Halses. Sie wusste, sie hatte den richtigen Mann für's Leben gefunden. In der Ferne sah sie ein schwarzes Schiff, dass auf den Strand zu fuhr. Das Schiff mit einer schwarzen Flagge auf dem ein Totenkopf war, der eine Rose zwischen den Zähnen hatte. Als das Schiff nah genug war, sah sie eine hübsche Frau, die ihr sehr ähnlich war. Sie winkte Lory zu. "Wir werden es schaffen. Ich verspreche dir, es bleibt kein

82

Traum" sagte der Mann, der hinter Lory saß. Lory drehte sich zu ihm um und gab Wang einen Kuss auf die Wange. "Ich weiß, Schatz, ich weiß." Sie hörte ihre Eltern von weitem rufen. Langsam fand sie in die Wirklichkeit zurück. So gut hatte sie schon lange nicht mehr geschlafen. Sie war richtig ausgeruht. Bereit, den neuen Tag zu begrüßen und den Kampf zu kämpfen. Sie würde nicht aufgeben

Wieder wurde sie gerufen. "Lory, deine Eltern …" murmelte Samira neben ihr, die sich noch mal umdrehte und sich das Kissen auf die Ohren presste. Sie hatte wohl nicht so gut geschlafen. Die Erkenntnis brachte Lory dazu, zu lächeln. Sie sprang aus dem Bett, öffnete die Tür und rief ihren Eltern zu, dass sie gleich kommen würde. Sie suchte sich hastig neue Klamotten aus. Schnell verzog sie sich damit ins Bad, machte eine Katzenwäsche und zog sich in Windeseile an. Sie rannte runter, ihre Eltern waren sich in der Küche am unterhalten. Als Lory in der Küchentür stand, wandte sich ihre Mutter an sie. "Lory du hast Besuch! Wir lassen euch dann mal alleine". Ihre Eltern gingen

lächelnd an ihr vorbei. Auf dem Küchenstuhl saß
Wang, der sie super süß anlächelte. "Hallo, ich hoffe ich
habe dich nicht geweckt." Lory erwiderte das Lächeln
und verneinte. Sie zog einen Stuhl ganz nah an ihn
heran. Sie flüsterte: "Ich muss dir was sagen, bitte halt
mich nicht für verrückt! Lass uns rausgehen und draußen
reden. Es ist wichtig, bitte." Er lächelte sie an, stand auf
und ging mit ihr zur Tür hinaus. Draußen spazierten sie
eine Weile schweigend, bis sie weit genug vom Haus weg
waren. Lory hatte Angst, dass er sie auslachen würde.
Sollte sie ihm wirklich alles anvertrauen? Sie dachte an
den wunderschönen Traum, den sie gehabt hatte. War
das nur ein Wunschtraum? Es sah nicht grade so aus als
wenn sie es wirklich schaffen könnten. Er war so
unwirklich schön. Sie fanden ein schönes Plätzchen wo sie
sich hinsetzten. Lory begann zu reden. Sie erzählte ihm
alles im kleinsten Detail. Wang saß ihr gegenüber und
hörte ihr ruhig zu. Allerdings den letzten Traum, den
ließ sie aus. Als sie geendet hatte, kam die Stille. Wang
sah nachdenklich aus. Ein Maunzen durchriss die Stille.
Da war sie wieder, die kleine Katze und drängelte zum
Aufbruch. Ohne ein Wort zu sagen, standen beide auf

und liefen der Katze nach. Sie führte sie in den Wald. Sie liefen mindestens eine halbe Stunde im eiligen Tempo. Langsam bekam Lory Seitenstechen. Sie war kein Sport mehr gewohnt. Eigentlich hatte sie sich vorgenommen viel schwimmen zu gehen, wo sie doch so nah am Wasser wohnte. Doch bei der Flut der Ereignisse hatte sie das völlig vergessen. Nun wünschte sie sich, dass sie doch mehr Sport gemacht hätte. Sie hoffte, dass sie bald am Zielort eintreffen würden. Lange würde sie dieses Tempo nicht mehr durchhalten können. So langsam ging ihr die Puste aus. Sie bekam kaum noch Luft. Dann endlich, bevor sie aufgeben konnte, hatten sie das Ziel erreicht. Es war eine kleine, windschiefe, verlassene Hütte. Es sah aus als wenn sie schon seit hundert Jahren nicht mehr betreten worden war. Wang schien durchtrainiert. Ihm hatte der Lauf anscheinend überhaupt nichts ausgemacht. Sie hingegen rang nach Luft. Sie brauchte einen Moment um ihren Puls wieder halbwegs auf normalem Niveau zu haben. Langsam bekam sie wieder Luft und das Seitenstechen ließ merklich nach. Wang drehte sich zu ihr um. Als er sah wie sie aussah, total verschwitzt mit hoch rotem Kopf, ging er auf sie zu, streichelte ihr kurz zärtlich über den Rücken und sagte. "Tut mir leid." Lory holte tief Luft, "Ich hätte mehr Sport machen sollen. Du kannst nichts dafür." Die Katze saß vor der Eingangstür der Hütte und schaute sich die beiden an. Dann maunzte sie zum Zeichen dass sie jetzt weiter machen sollten. Lory hatte sich soweit wieder erholt. Lory nickte Wang zu, dann standen die beiden auf und gingen auf die Tür zu. Vorsichtig öffnete er die Tür, die schief in den Angeln hing. Sie ächzte und quietschte. Drinnen war alles total durcheinander, als hätte ein Tornado darin gewütet. Die Katze tapste durch den ersten Raum in den zweiten und blieb vor dem umgeschmissenen Bett sitzen. Wang machte sich daran, das Bett weg zu bewegen. Darunter kam eine Falltür zum Vorschein. Wang zog an der Falltür, die sich nur schwer öffnen ließ. Dann gab sie endlich nach. Staub wirbelte auf als sie nach hinten fiel. Beide mussten erst mal husten. Aus irgendeiner Hosentasche zauberte Wang eine Taschenlampe hervor. Er schaltete sie ein und leuchtete in das Loch. Eine steile Holztreppe war zu sehen. Die Katze machte einen Satz und sprang in die Tiefe. Beide erschraken.

Hoffentlich hatte die Katze sich nicht verletzt. Lory und Wang folgten ihr langsam die Treppe runter. Sie landeten in einem schmalen, niedrigen Gang in dem es modrig roch. Wang konnte nur geduckt gehen. Er hielt die Taschenlampe nach vorne gerichtet und gab die freie Hand Lory. Sie fasste seine Hand. Ein warmer Schauer durchflutete sie. Trotz des unheimlichen Tunnels, der nicht zu enden schien, fühlte sie sich sicher. Er war voller Spinnweben und Staub. Der Tunnel führte eine ganze Zeitlang bergab, dann wieder Berg auf. Der Tunnel endete vor einer Eisentür. Zwei schwere Schlösser hingen an einer schweren, eisernen Kette davor. Die Katze setzte sich hin und schaute die beiden auffordernd an. Beide sahen sich ratlos an. Wie sollten sie diese Tür den nur aufbekommen? Dann schauten sie zur Katze, diese setzte sich in Bewegung in Richtung rechter Wand. Sie scharrte mit den Pfoten auf einer Stelle als wollte sie etwas ausgraben. Geistes gegenwärtig ging Lory auf sie zu, hockte sich hin und begann zu graben. Es dauerte eine Weile bis sie im weichen Boden auf etwas Hartes stieß. Bei näherem Hinsehen erkannte sie, dass sie einen großen Schlüssel aus Eisen ausgegraben hatte. Ihr fiel ein Stein vom Herzen, das musste der Schlüssel für die Schlösser der Eisentür sein. Lory gab Wang den Schlüssel und versuchte den Dreck von den Händen los zu werden während er versuchte, die alten rostigen Schlösser zu öffnen. Er hatte Schwierigkeiten mit den Schlössern, aber zu guter letzt gaben die Schlösser eins nach dem anderen doch auf. Er zog die Kette ab, versuchte mit aller Kraft die alte Tür zu öffnen. Lory musste ihm helfen. Mit vereinten Kräften rüttelten und zogen sie an der Tür bis sie schließlich mit einem lauten, grellen Gequietsche aufsprang. Der moderige Geruch wurde hier immer schlimmer. Feuchte, grob behauene Steinwände. Sie gingen hinein. Mit Gittern abgeteilte Räume. Sie hatten den Kerker gefunden. Er lag tief unten in den Felsen gemeißelt. Hier würde dich niemand hören wenn du schreist. Niemand würde uns hier finden. Hoffentlich würde Samira sich nicht auf den Weg hier her machen. Dann hätten sie wirklich ein sehr großes Problem. Ein Maunzen riss Lory aus den Gedanken. Lory und Wang gingen in die Richtung aus dem das Geräusch kam. Das Kätzchen saß hinter Gittern auf einem

88

Sarg aus Eisen. Das war Jack's Sarg, hier lag er. So einsam und verlassen. Tränen rollten ihr die Wangen runter. Tränen der Erleichterung. Sie hatten Jack gefunden. Vielleicht wurde jetzt doch noch alles gut? Es war mehr die Hoffnung als der Glaube daran, dass sie es wirklich schaffen könnten. Jetzt hatten sie alle Teile des Purzels beisammen. "Wir müssen ihn hier raus schaffen!" sagte Wang. "Bist du verrückt?" rief Lory erstaunt. „Wie willst du denn einen Eisensarg hier raustragen? Der ist doch viel zu schwer! Das schaffen wir doch nie!" Wang drehte sich zu Lory um, schaute ihr tief in die Augen und hielt sie an beiden Schultern fest. "Ich weiß, dass es dir nicht gefallen wird. Mir gefällt es auch nicht. Du hast recht, den Sarg können wir nicht weg bewegen …" Er sprach nicht weiter und wartete ab. "Nein, du bist verrückt! Das kannst du nicht ernst meinen! Du willst den Sarg doch nicht öffnen? Das geht nicht! Du willst doch nicht mit einer Leiche rumlaufen?" Lory schrie vor Schrecken. Das konnte er doch nicht ernst meinen. Sie hatte Angst, Jack's Sarg zu öffnen war eine Sache. Aber seinen toten Körper oder das was von ihm noch übrig war, einfach raus nehmen und rumtragen? Das konnten sie nicht machen! Sie stellte sich vor, wie sein total verwester Köper beim Versuch ihn auszuheben, einfach auseinander fiel. Nein, das wollte sie nicht erleben um keinen Preis. Das konnte nichts und niemand von ihr verlangen. Keine Leichen bewegen. Keine Leichen anfassen. Nein, das was nicht ihr Ding. Sie konnten ihn doch einfach hier liegen lassen. Und dann mit den Utensilien am richtigen Tag wieder kommen. Lory beruhigte sich langsam. Ihr wurde klar, dass Wang recht hatte, auch wenn es ihr nicht passte. Sie konnten Jack hier nicht schutzlos zurück lassen. Sie wusste, sie mussten ihn mitnehmen, ob sie wollten oder nicht. Wenn sie ihn finden konnten, dann konnte die Gegenseite das auch. Und wenn die ihn fanden, war das Spiel vorbei und Jack hätte verloren. Sie musste also in den sauren Apfel beißen. Oh man, eine Leiche. Sie hätte sich nie träumen lassen, dass es so weit kommen musste. Lory nickte Wang zu. Er verstand und ging zum Eisensarg. Lory folgte ihm. Sie machten sich daran, die Schrauben aus dem Sarg zu drehen. Lory versuchte nicht daran zu denken, was sie da grade vorhatten. Als die letzte Schraube raus gedreht war, holte Lory tief

Luft. Dann hoben beide den Deckel des Sarges an. Vorsichtig schoben sie ihn auf die Seite. Lory traute sich gar nicht in den offenen Sarg zu sehen. Sie hörte Wang wie er die Luft erstaunt einsog. Sie schaute Wang an. Er lächelte ihr erleichtert zu. Lory verstand nicht. "Er sieht aus als wenn er schlafen würde. Ich hatte schon Angst, dass ..." er beendete den Satz nicht denn er wusste, dass sie verstand. Jetzt erst traute sie sich in den Sarg zu sehen. Wie friedlich er aussah, schlafend und irgendwie glücklich? Es machte Lory Mut, dass er nicht tot aussah. Sie fasste sich ein Herz und berührte ihn. Er war kalt, aber er zerbröckelte nicht. Er fühlte sich fest und normal an, fast so wie ein lebender Mensch. Außer, dass er kalt war. Wang und Lory packten Jack unter die Arme und hievten ihn aus den Sarg. Er sah verdammt gut aus. Genau so wie auf dem Portrait an der Wand. Ihr Herz schlug. Fing das denn jetzt auch wieder von vorne an? War es doch nicht Wang in den sie verliebt war? War es doch Jack? Hatte sie sich nur eingebildet in Wang verliebt zu sein, weil sie sich nicht vorstellen konnte wie gut Jack in natura aussah. Und immer noch nach all den Jahren, hundertdreizehn Jahre konnten ihm nichts anhaben. Sie wusste nicht mehr was sie fühlen sollte. Sie schaute Wang an. Den süßen Wang, ohne ihn wäre sie niemals so weit gekommen. Er trug Jack fast alleine, das bisschen was sie da helfen konnte, konnte man echt nicht anrechnen. Er schwitze unter der Last von Jack's schlaffen Körper. Ob er wusste worüber sie nach dachte? Ob er wusste, dass es vielleicht das Ende zwischen ihnen war, wenn Jack erst mal erlöst wäre? Er tat ihr leid. Sie erinnerte sich an einen Satz, den er sagte. Es gibt keine Chance. Hatte er damit recht? Wusste er es denn wirklich schon vorher was passieren würde? Wang ging unbeirrt seinen Weg weiter, ohne auch nur einen Augenblick Lory's Blick zu erwidern. Er wirkte kühl. Ja, er wusste es. Endlich kamen sie an die steile Treppe. Sie hievten ihn gemeinsam hoch in das Häuschen. Wang sagte kein Wort. Wieso redete er nicht mehr mit ihr? Ohne eine Miene zu verziehen, trug er Jack weiter. Immer weiter durch den Wald. Lory lief hinter ihm her. Plötzlich standen sie vor Wang's Haus. Er stoppte, drehte sich zu Lory um. Sie sah die Traurigkeit in seinen Augen. "Ich bringe ihn in Sicherheit. Es ist besser wenn du das Versteck nicht kennst. Du weißt ja, dass ich auf deiner Seite bin, egal was passiert. Mach dir keine Sorgen, wir schaffen es. Das verspreche ich dir." sagte er leise. Seine Stimme zitterte. "Ich wünschte, es gäbe eine Chance..." seine Stimme erstarb. Er schluckte. "Die Katze wird dich den Weg zurück nach Hause bringen" sagte er leise und drehte sich um. Sie schaute ihm noch nach bis er im Haus verschwunden war. Lory folgte langsam der Katze. Sie weinte nun zum zweiten Mal an diesem Tag. Verheult kam sie in Rosehouse an. Keiner war da. Ihr Eltern nicht, Samira auch nicht. Eigentlich war es auch ganz gut, denn sie konnte sich in Ruhe in ihre Zimmer zurück ziehen. Sie legte sich auf das Bett und versuchte einen klaren Gedanken zu fassen.

Nach einer Weile legte sich Lory in die Badewanne um sich zu entspannen. Sie ließ sich alles noch einmal durch den Kopf gehen. Die Zeit war fast abgelaufen. In dreißig Stunden war alles vorbei. Bis jetzt ist alles gut verlaufen und sie hatten Glück gehabt. Langsam entspannte sie sich. Die Traurigkeit ließ nach. Als sie sich wieder besser fühlte, beschloss sie der alten Rebecca noch einen Besuch abzustatten und machte sich auf den Weg. Sie staunte nicht schlecht, dass sie von der alten Dame schon erwartet wurde. "Tritt ein Kleines. Ich habe dich schon erwartet. Ihr habt Jack gefunden. Wang hat mir davon erzählt. Morgen Nacht ist es so weit. Endlich nach hundertdreizehn Jahren." sagte die alte Frau und wies Lory einen Platz auf der Couch zu. "Ich habe alle Utensilien, aber ich weiß nicht was ich damit machen soll. Gibt es ein bestimmtes Ritual, das ich machen muss? Was muss ich beachten?" fragte Lory. Rebecca durchsuchte derweil ihren Wohnzimmerschrank. "Ah da ist es" brachte sie hervor, nahm das Kästchen was sie gesucht hatte und kam damit auf Lory zu. Lory hatte den Eindruck, dass Rebecca ihr gar nicht zugehört hatte. Aber sie täuschte sich. "Kleines, den Inhalt dieses Fläschchens soll Wang um Punkt 0:00 Uhr der kleinen Katze zu trinken geben." sagte sie und übergab Lory das kleine Fläschchen mit dem bläulichen Inhalt. "Du legst Jack die Rose auf sein Herz. Um 0:00 gibst du dreizehn Tropfen des Gegengiftes auf die Rose, den restlichen Inhalt lässt du langsam auf seinen Mund tropfen. Während dessen sagst zu immer wieder den Text des Liedes auf, das er geschrieben hat. Die Liebe ist die stärkste Macht. Was immer auch passiert, verlasse dich auf die Liebe in dir. Und vertraue darauf, dass sie dir den Richtigen Weg zeigt." Rebecca lächelte sie warm an. "Leider darf und kann ich dir nicht alles sagen. Denn manches muss noch geheim bleiben. Nur so viel. Du weißt, Samira ist die Urenkelin von Miranda. Miranda ist die leibliche Mutter von Leihla, und diese ist die Tochter von Kommodore Luis. Miranda ist sehr nachtragend. Sie wird weiter hin versuchen, alles zu tun, damit Jack nicht erlöst wird. Denn Jack wollte ihre Tochter nicht zur Frau nehmen. Dafür will sie ihn auf ewig bestrafen. Du bist eine Nachfahrin von Rose. Rose hat Kontakt zu dir aufgenommen. Du siehst ihr so täuschend ähnlich, dass ich schon dachte, du wärst ihre Wiedergeburt. Ich weiß, das es verwirrend ist. Es wird sich alles aufklären. Du hast eine wichtige Entscheidung zu treffen. Jack oder Wang, dein Herz wird es dir verraten wenn der richtige Moment gekommen ist. Nun ist es an der Zeit dich vorzubereiten. Lerne das Lied auswendig. Wang wird dich abholen wenn es soweit ist."

Damit war die Unterhaltung beendet. Lory verabschiedete sich. Zurück in ihrem Zimmer nahm sie Jack's Tagebuch und lernte den Text. Als es Zeit für das Abendessen war, begab sie sich runter ins Esszimmer wo ihre Eltern und Samira schon auf sie warteten. Sie erfuhr von ihrer Mutter, dass ihre Eltern mit Samira ins Dorf gefahren war um Besorgungen zu machen um Lory an dem hiesigen Gymnasium anzumelden. Es blieben nur noch zwei Wochen bis die Schule beginnen würde. Aber daran wollte Lory gar nicht denken. Morgen war der Tag, an dem sich vielleicht vieles verändern würde. Sie war sich nicht sicher, ob sie das alles schaffen würden. Samira gegenüber versuchte sie sich nicht anmerken zu lassen, dass sie über alles Bescheid wusste. Das sie wusste, was für eine Freundin sie wirklich war und was sie vorhatte. Lory versuchte so normal wie möglich mit ihr umzugehen. Deshalb erzählte sie zwar, dass sie Wang getroffen hatte, aber nicht was sie gemacht hatte. Dann war es Zeit ins Bett zu gehen. Lory schlief tief und träumte in dieser Nacht nicht. Wachte auch nicht auf als Samira aufstand um wieder in den Keller zu gehen.

Heute war es endlich so weit. Es gab nur noch gewinnen oder verlieren. Samira war schon früh aufgestanden. Sie sagte, sie müsse ins Dorf um etwas zu besorgen. Also hatte Lory den ganzen Tag für sich um sich auf die Nacht vorzubereiten. Sie lernte weiter den Text des Liedes auswendig. Als sie so im Lernen vertieft auf der Steinbank vor den Rosen saß, wurde sie von der kleinen Katze besucht. Den ganzen Nachmittag lang saßen die beiden auf der Bank. Lory verstand, dass die Katze ihr durch ihre Anwesenheit Mut machen wollte. Langsam wurde es dunkel. Sie merkte nicht, dass Wang sie schon länger beobachtete. Als es Zeit wurde, kam er auf sie zu. Er wirkte angespannt. Sie konnte sehen, dass er kaum geschlafen hatte. Er sagte kein Wort. Lory hatte ein mulmiges Gefühl. Er nickte ihr zu. Es war Zeit. Sie mussten gehen. Lory und die Katze folgten Wang zu seinem Haus. Den ganzen Weg über gingen sie schweigend. Die Stille war erdrückend. Für ihn schien klar, dass er sie heute ganz verlieren würde, wenn Jack heute ins Leben zurück kehrte. Und doch tat er alles, dass es geschah. Seine Traurigkeit steckte Lory an. Sie wollte ihn so gerne lächeln sehen. Es tat ihr weh ihn so zu sehen. Da Wang's Eltern zu Besuch bei Verwandten in China waren, hatten sie das ganze Haus für sich allein. Sie betraten das Haus. Wang führte sie in eines der Gästezimmer. Da lag Jack auf dem Bett. Er sah so friedlich schlafend aus. Würde sie ihre Zukunft mit ihm verbringen? Mit dem Piraten Jack ein aufregendes Leben führen? Was würde aus Wang? Könnten sie Freunde sein? Sie standen eine Weile da. Niemand sagte etwas. Beide hingen ihren Gedanken nach. "Es ist Zeit" sagte Wang mit gebrochener Stimme. Lory drehte sich zu ihm und sah Tränen in seinen Augen aufblitzen. Er tat ihr so unendlich leid. Aber was sollte sie tun? Wenn es Jack nicht gegeben hätte ... Lory gab ihm das Fläschchen und gab ihm die Anweisung, die sie von Rebecca erhalten hatte. Er folgte der Anweisung, dann zündete er die Kerzen an, die er aufgestellt hatte. Es hatte einen Anflug von Romantik. Es war kurz vor 0:00 Uhr. Es konnte beginnen. Jeder tat das, was ihm aufgetragen war. Lory stand neben dem Bett und begann mit ihrem Teil. Während sie die Flüssigkeit auf

Jack tropfen ließ, kam plötzlich ein wilder Sturm auf. Die Fensterläden schlugen hin und her. Es begann zu hageln. Ein totales Unwetter war losgebrochen. Grelle Blitze durchzogen den Himmel. Lory wusste, dass sie sich davon nicht aufhalten lassen durfte. Egal wie es sie erschreckte. Die Elektrik fiel aus. Gut, dass Wang so viel Kerzen angezündet hatte. Die Fensterscheibe klirrten. Ein umher wirbelnder Ast hatte sie zerbrochen. Der Wind zerrte an allem wild. Die letzte Kerze verlosch. Lory bekam einen Schwindelanfall. Sie musste sich auf das Bett setzten. Eine Berührung am Arm ließ eine warme Woge in ihrem Inneren frei. Jack! Dachte sie, endlich … dann wurde ihr schwarz vor Augen. Als sie aufwachte hatte der Sturm schon nachgelassen. Sie dachte, sie würde noch träumen. Sie lag auf dem Bett auf dem Jack saß. Sie sah, dass er sie anlächelte und seinen Arm um eine Frau gelegt hatte. Für Lory war es so als wenn sie neben sich stand. Denn sie sah sich selbst in seinen Armen. Aber das konnte nicht sein. Sie lag ja hier auf dem Bett und kniete nicht vor dem Bett vor Jack. Lory verstand nicht. Sie guckte sich um. Sah Wang, dem eine Träne über die Wange lief.

Er schaute zu dem Pärchen rüber. Es tat ihr so weh, ihn so zu sehen. Auch wenn sie sich so freute, dass Jack endlich lebte, so konnte sie den traurigen Anblick von Wang nicht ertragen. Sie wollte ihm trösten. Wollte ihm sagen wie leid es ihr tut. Doch alles was sie raus brachte war ein "Miau". Was???? Sie schaute ihren Arm an, der nicht mehr menschlich war. Jetzt hatte sie begriffen was passiert was. Sie war jetzt die Katze und die Katze war sie. Wie konnte das passieren? Sollte sie jetzt alle Ewigkeit als Katze verbringen? Sie bekam Panik. Hatte sie das alles getan um als Dank ein Leben als Katze zu führen? Sie bekam grade noch mit, wie Wang den Raum verließ. Sie wollte hinterher springen, doch mitten in der Bewegung wurde sie festgehalten. Sie wehrte sich nach Leibeskräften. Doch es half nichts. Beruhigen redete Jack auf sie ein. "Ich danke dir Lory. Du hast mich und Rose erlöst. Wir werden dir ewig dankbar sein. Und wir werden dir helfen. Bitte hör zu. Er liebt dich mehr als du glaubst. Vergiss nicht, die Liebe ist die größte Macht auf Erden. Er wird alles tun um dich zu retten. Hab ein wenig Geduld. Sein Herz wird ihm den richtigen Weg zeigen. Er wird den Weg finden, der dich erlöst. Er weiß nicht, dass du jetzt die Katze bist. Aber er wird es wissen, das verspreche ich dir. Geh und suche ihn. Bleib bei ihm. Folge deinem Herzen. Alles wird gut. Vertrau auf die Liebe, dann wird alles gut." Jack streichelte sie zärtlich über den Rücken, dann setzte er sie auf den Boden. Lory lief, sie rannte und suchte Wang. Sie durchsuchte jeden Winkel des Hauses. Sie versuchte ihn mit ihrem neu erworbenen Geruchssinn zu orten. Im Haus war er nicht. Wo konnte er denn nur sein? Tränen bildeten sich in ihren Augen. Sie lief nach draußen, raus in den Wald vor dem sie sich fürchtete. Doch das interessierte sie auf einmal nicht mehr. Sie wollte nur noch zu Wang. Jetzt endlich wusste sie wem ihr Herz gehörte! Ihr war es egal, ob sie für immer eine Katze bleiben würde. Alles was sie wollte, war bei ihm sein. Sein süßes Lächeln sehen. Sie hatte Angst, Angst ihn nicht zu finden. Vor ihren Augen war der Schleier der Traurigkeit. Sie lief so schnell sie konnte. Sie ließ den Wald hinter sich. Immer weiter lief sie, dann nahm sie seinen Geruch war. Ihr Herz machte einen Sprung. Jetzt musste sie nur dem Geruch flogen, dann würde sie ihn finden. Wie weit

101

konnte er denn gelaufen sein? So langsam ging ihr die Puste aus. Der Geruch führte sie einen steinigen Weg bergab. Der Weg wurde immer steiler. Ihre Pfoten rutschen immer wieder etwas weg. Die Steine pieksten. Es war so dunkel, nur der Mond brachte ein kleines bisschen Helligkeit. Als Mensch hätte sie die Hand nicht vor Augen gesehen. Aber mit den Augen einer Katze konnte sie sich ganz gut in der Dunkelheit zurecht finden. Der Weg schien kein Ende zu nehmen. Er veränderte sich. Aus dem steinigen Boden wurde ein feuchter, sandiger Boden. Sie hörte die Wellen rauschen. Dann sah sie in der Ferne Umrisse von ihm. Sie hatte ihn gefunden. Er saß am Strand, hatte das Gesicht in den Händen vergraben und weinte. Ihr Herz brannte. Nein, er sollte nicht traurig sein. Wenn sie ihn doch nur trösten konnte, mit ihm reden könnte. Sie ging auf ihn zu. Rieb ihren Kopf an seinen Beinen. Wang schaute auf, nahm sie in seine Arme. Mehr als ein Miau konnte sie ihm leider nicht bieten als Ansprache. "Danke das du gekommen bist. Wieso kann Lory mich nicht lieben? Gibt es denn keine Chance für uns?" Wang redete weiter bis der Morgen erwachte. Als die ersten

Sonnenstrahlen auf die Erde fielen, stand er auf und ging mit Lory nach Hause. Er war so unendlich müde. Er legte sich mit allem was er anhatte auf's Bett. Die Tränen waren getrocknet. Er zog Lory dicht an sich ran. Er hielt sie fest wie ein Ertrinkender, der sich an einem Strohhalm festhielt. Dann schlief er ein. Lory lag auf seiner Brust. Sie war bei ihm, das war alles was sie wollte. Lange schlief er nicht. Er schien verwirrt als er aufwachte. Vorsichtig schüttelte er sich. "Lory, meine Lory. Du bist es wirklich! Ich dachte ich hätte dich für immer verloren." Lory schaute etwas ungläubig in sein Gesicht, das jetzt vor Glück strahlte. Was war passiert? Lory guckte an sich herab, sie war immer noch in der Gestalt einer Katze. Sie hatte schon gehofft, dass sie sich zurück verwandelt hatte. Wang nahm sie hoch. Schaute ihr in die Augen. Lory wunderte sich nur. Verstand nicht ganz was da passiert sein mochte. Sie legte den Kopf schief und schaute zu ihm hoch. Er sagte "Lory ich liebe dich und ich werde dich immer lieben!" Dann küsste er sie auf ihren Katzenmund. Ihr wurde schwindelig. Wang und das Zimmer verschwammen vor ihre Augen. Ein Nebel verdichtete sich vor ihren Augen und wurde immer dunkler. Sie wurde ohnmächtig. Als sie aus der Ohnmacht erwachte, lag sie im Bett in seinen Armen. "Schatz, ich dachte schon du würdest nie wieder erwachen" sagte Wang und küsste sie erneut. Diesmal wurde sie nicht ohnmächtig. Sie erwiderte seine zärtlichen Kuss, legte ihren Arm um ihn und hielt ihn ganz fest. Sie schoss die Augen. Plötzlich war es klar. Sie riss ihre Augen weit auf, zog sich zurück und schaute ihren Arm an, der wieder ein menschlicher Arm war. Dann hielt sie Wang wieder ganz fest. Es war überstanden. Sie war erlöst. Die Liebe ist stärkste Macht auf Erden. Und Wang war der Richtige. Das wusste sie jetzt.

Epilog

Lory saß am Strand und betrachtete das Meer, dessen Wellen sich an den Felsen brachen. Sie hatte über ihren schwarzen Badeanzug ein dunkles lilafarbenes Tuch geknotet. Sie schaute dem Sonnenuntergang zu. Die Sonne glühte rot als sie den Horizont berührte. Von weitem sah sie ein schwarzes Schiff was sich dem Strand näherte. Es hatte eine schwarze Flagge mit einem Totenkopf, der eine Rose zwischen den Zähnen hatte. Jemand berührte sie an den Schultern und setzte sich hinter sie. Sie kuschelte sich in seine Arme, die er um sie gelegt hatte. Das Schiff war nun so nahe, dass sie die beiden Menschen auf dem Bug sehen konnte. Jack und Rose standen an der Rehling und winkten Lory zu. Sie sahen glücklich aus. Endlich nach hundertdreizehn Jahren waren sie endlich vereint. Lory freute sich für die beiden. Und Lory hatte die Liebe ihres Lebens gefunden. Sie war Jack dankbar, denn er hatte Wang im Traum besucht und ihm geholfen zu erkennen, dass sie die Katze war, ihm gesagt wie er sie erlösen konnte. "Wir haben es geschafft" sagte Wang, der hinter

ihr saß und küsste zärtlich die rechte Seite ihres Halses.
Lory und Wang waren glücklich. Sie planten nächsten
Sommer zu heiraten und die Hochzeitsreise wollten sie
auf einer Karibischen Insel verbringen. Wenn sie
einen Sohn bekämen, würden Sie ihn Jack nennen.
Was Samira betrifft, sie war auf seltsame Weise von heut
auf morgen plötzlich verschwunden. Lory hoffte, dass sie
,sie nie wieder sehen würde.